秘め事おたつ四

春よ来い

藤原緋沙子

幻冬舎時代小説文庫

春よ来い

秘め事　おたつ　四

目次

暮れの雪

一

日本橋の呉服問屋『山城屋《やましろや》』の前に、武家の偉い人が使用する御忍駕籠《おしのびかご》が見える。やって来たお客の誰もが、おや、この立派な御忍駕籠は、いったいどなたを待っているのかと、興味津々の顔で店の中に入って行く。

御忍駕籠の側には九鬼十兵衛《くきじゅうべえ》と、羽織袴《はおりはかま》姿の医師の田中道喜《たなかどうき》が陸尺《ろくしゃく》たちと待機している。

九鬼十兵衛は緊張した顔で左右に視線を光らせているが、道喜の方はきつねにつままれたような顔をしている。

なにしろこれまで、おたつが大名家の奥女中の総取締役だったなどと考えてもみなかった道喜である。

道喜の知っているおたつは、年寄りだが頭が冴えていて的確な判断を下すばかりか、歯に衣着せぬ説教もしてくれる希有《けう》な人だと思っていた。

おたつの存在は謎の部分が多かった。

ところが今日、道喜は突然この呉服屋に連れて来られて、九鬼十兵衛からおたつの正体を聞いた。

びっくり仰天とはこのことで、おたつがさる大名家の奥の総取締役だったなんて言われても、すんなり納得するのは難しい。

ともあれおたつは道喜にとっては恩人だ。おたつの為なら尽力するのは厭《いと》わない、常からそう思っている。九鬼十兵衛とここで待機しているのもそういうことだが、まだ夢でも見ているような心境だ。

九鬼十兵衛はそんな道喜を見て、

「取って食おうというんじゃないんだ。先生には医師として手助けをしてもらいたいことがあるらしいのだ」

笑ってみせたが、道喜は緊張した顔で薄笑いをして応じた。

二人が待機している面前には、山城屋の大暖簾《おおのれん》が羽を広げるように伸びていて、店の威厳《いげん》を往来する者たちに見せつけている。

この山城屋という店は、花岡藩《はなおかはん》上屋敷の呉服御用達の店だったのだ。

おたつが花岡藩で奥の女中の取り締まりをしていた頃からの繋《つな》がりがあり、むろん主の喜兵衛《きへえ》とは顔なじみである。

だからおたつは、いざという時にはこの店で変身出来るよう頼んでいたらしく、ただいま店の奥の座敷で紬《つむぎ》の普段着から絹の着物に着替えているところである。

そう……おたつから多津《たづ》に変身しているところであった。

「多津様、こちらの方が良いのではありませんか？」

側で見守っていた喜兵衛の妻およしが、衣装箱から別の着物を出してきて捧げた。

おたつが今肩に羽織《はお》ったのは、舛花色《ますはないろ》の地に裾に秋の草花を遠慮《えんりよ》がちに散らした着物である。

また足元に用意している帯は西陣織《にしじんおり》の褐色の無地で、着物との組み合わせは落ちついたものになる。

およしが今腕に掛けて捧げたのは、地色は似ているが、裾の模様がより華やかな着物だった。

「いえ、こちらに致します」

おたつは言って、着物の襟を合わせて着付けていく。

今日は九鬼十兵衛から報告を受けていた殿様の見舞いに上屋敷に向かうためだ。

殿様は病が重くなっていて、

「多津に会いたい……」

そのようにおっしゃっていると聞けば行かぬ訳にはいかないと思い立ったのだ。

そう……多津とはおたつのことである。便宜上《べんぎじょう》長屋ではおたつと名乗っているが、奥女中の名は多津なのだ。

しかも多津は、花岡藩の現藩主佐野《さの》忠道《ただみち》の乳母だった人である。

多津は忠道が藩主になるや、今度は奥の総取締役として女たちに目を光らせていたのだが、正室真希の方派の者と側室美佐《みさ》の方派の者たちの間で、様々軋轢《あつれき》を生むことになって憂慮《ゆうりよ》していた。

その原因は、次期藩主の座を巡ってのことである。

真希の方には継嗣《けいし》梅之助《うめのすけ》が生まれていて、美佐の方には吉次朗《きちじろう》という男子が生まれていたからだ。

真希の方は大名家からのお輿入《こしい》れ、一方の美佐の方は奥の女中で多津の部屋子だった人だ。

吉次朗を産んだことで側室の身分になってはいたが、格から言えば争いようもない差があった。

ところが、継嗣梅之助が身体が弱かったことから、正室の女中と側室の女中の間で諍《いさか》いが絶えず、多津は心を痛めていた。

そんな折に美佐の方は病に倒れた。いよいよ亡くなる前になって、吉次朗が命を奪われるかもしれないと案じた美佐の方は、総取締役の多津に、

「吉次朗には藩とはかかわりのない人生を歩んでもらいたい」

そう遺言したのであった。

多津は美佐の方の遺言をかなえるために、忠道と相談し、部屋子の萩野《はぎの》を吉次朗に付けて藩の外に出したのである。

二人は根岸《ねぎし》の里で、ひっそりと暮らしていた。

その二人を九鬼十兵衛ともう一人、友田与次郎《ともだよじろう》がずっと見張ってくれていたのだが、あろうことか、九鬼と友田の隙を突いて吉次朗が暮らしていた屋敷が襲われたのだ。

原因は継嗣梅之助の先々を案じた真希の方派が刺客を送ってきたようだった。

九鬼十兵衛と友田与次郎は、急襲してきた賊から吉次朗たちを逃がしたが、友田

はこの時殺された。

そしてこの事件によって、以後吉次朗たちの安否も住処《すみか》も分からなくなってしまったのだ。

多津はじっとしてはいられなくなり、忠道に願い出て奥を辞した。そして米沢町の裏店《うらだな》に金貸しとして住み込み、様々手を尽くして吉次朗の安否を探っていたのであった。

雲を掴《つか》むような話ではあったが、先だって住処の見当がついたのだ。

だから今日は、殿の見舞いもさることながら、吉次朗探索の経過も報告するつもりだ。

山城屋での身支度は上屋敷に向かうためのもので、おたつは帯を締め終えると、もう一度襟の乱れを直して、ふうっと一息ついた。

「多津様、お支度は出来ましたか」

おたつが帯を締め終えたところに、主の喜兵衛が入って来た。

「すみませんね、お世話をおかけして」

おたつは座って喜兵衛に言った。

「とんでもございません。何でも遠慮無くおっしゃって下さいませ。この喜兵衛を頼って下さいまして嬉しく思います」

喜兵衛は笑って言った。

「夕刻までには戻りますので、またその時はこちらで着替えさせて下さい」

おたつは喜兵衛夫婦にそう告げると、座敷を出て、お客がいる店から土間に降りた。

そして表で待っていた九鬼十兵衛と田中道喜の前に立った。

「これは驚きました」

道喜は、目を白黒させて笑った。

喜兵衛夫婦も見送りに出て来る。

おたつは待機している御忍駕籠を見て苦笑する。

「町の駕籠でよかったのに……」

「御家老のご命令です。人の目につかぬようにと……」

九鬼十兵衛は畏《かしこ》まって告げた。

おたつは駕籠に乗り込んだ。

老いた身体ではあるが、もはやこの瞬間から心も体も多津になっている。

凜《りん》として威厳のあるその姿に、九鬼十兵衛も田中道喜も高揚《こうよう》した顔で見詰めた。

「よし、出立《しゅったつ》だ」

九鬼十兵衛が命じると、屈強《くっきょう》な陸尺が多津を乗せた御忍駕籠を担ぎ、喜兵衛夫婦に見送られて山城屋を出た。


一刻（約二時間）後、おたつこと多津は、愛宕《あたご》下にある花岡藩上屋敷中奥の御寝所に家老の加納作左衛門《かのうさくざえもん》と入った。

九鬼十兵衛と田中道喜は、隣の控えの間に待機させている。

「殿のご容体はいかが？」

加納家老は御寝所の下段で座して見守っている剃髪《ていはつ》姿の奥医師宗拓《そうたく》に尋ねた。

「はい、お変わりはございませんが、本日の御朝食はお召《め》し上がりにはなりませんでした」

宗拓は慇懃《いんぎん》に答えた。

「何、それではますますご衰弱《すいじゃく》なさるのではないか……宗拓とやらそなた、食欲が増すような何か良い薬はないのですか？」

多津は宗拓の態度に苛立ち、膝を落として宗拓に詰め寄った。

「申し訳ございません」

宗拓は頭を下げた。だがその表情には緊張感が見られない。

多津は違和感を覚えた。

医者のくせに宗拓は心の芯から殿の病を案じているというより、既に諦めているのではないか、と思えたのだ。

多津はむっとなった。そして宗拓が膝元に置いてある漆塗りの立派な薬箱をちらと見てから、

「そなた、何時《いつ》から奥医師になったのじゃ？」

険しい眼差しを向けた。

「私が、でございますか？」

今度は宗拓が気分を害したような顔をして、多津を見上げた。

門外漢《もんがいかん》の老女が何を言いたいのか……と、その顔には書いてある。宗拓が口を引き結んでいるのを見た加納家老は、

「質問に答えよ、この方は奥を取り締まっている多津殿じゃ」

と言った途端、

「多津様……」

何か思い出したのか、あっと驚いた顔で慌てて頭を下げ、

「半年前に召し出され、前任の奥医師道庵《どうあん》殿から引き継ぎました宗拓という者でございます」

神妙に答えた。

「道庵殿に何か不都合でもあったのですか？」

多津は今度は加納家老に尋ねた。

「いえ、そういう訳ではありませんが……」

加納家老の口調には戸惑いが見える。

多津はちょっと考えてから、

「宗拓と申したな。そなたはどなたの推挙《すいきょ》があって奥医師になったのじゃ」

宗拓に厳しい視線を向けた。

「留守居役の須川《すがわ》の推薦です。そうであったな……」

加納家老が宗拓に代わって答えて、確かめるように宗拓に問う。

「はい、一刻も早いご回復を考えてのことと伺っております」

宗拓も俄《にわか》に緊張した顔で答えた。

多津は呆れ顔で加納家老を見た。

――この者には任せられぬ。

多津は顎《あご》で廊下の方をしゃくってみせた。すると加納家老は、

「そなたは控えの間で待て」

宗拓に命じた。

「しかし、まもなくお薬のお時間……」

戸惑う宗拓に、

「かまわぬ。殿に差し上げる薬は、その薬箱に入っているのであろう……殿にはわれらで差し上げる。薬箱は置いて下がりなされ」

有無を言わさぬ声で加納家老は宗拓に告げた。

宗拓は不承の顔で頭を下げて出て行った。すると今度は多津が、

「道喜殿、こちらへ」

隣室に声を掛けた。

田中道喜が緊張した顔で腰を低くして入って来た。

おたつの真の姿に道喜はまだ驚きっぱなしだ。

「これから殿のお顔を拝見します。そののち、そなたは殿の脈を取って下さい。そして、これまで処方されてきたこの薬についても、これで良かったのかどうか、ご病状に合った薬なのか調べて下さい」

多津は、宗拓の薬箱を引き寄せて、ぽんぽんと叩いてみせた。

「承知しました」

道喜は答えると、端座《たんざ》してまずは下座に控えた。

多津と加納家老は一段と座敷が高くなっている藩主忠道が臥《ふ》せる上座の間に上がった。

「殿……」

多津は瞼《まぶた》を閉じている忠道に声を掛けた。すると、忠道は目を開けて多津を見た。

「殿……」

久しぶりの再会に感極まる多津に、忠道は微笑《ほほえ》んで言った。

「多津……よく来てくれた。わしは先ほどからそなたが宗拓を問い詰めるのを聞いていたぞ、久しぶりに小気味よい声をな」

考えていたより忠道の声には気力があった。多津はひとまずほっとした。

「ご朝食を召し上がっていらっしゃらないと聞きました。吉次朗様の居所もまもなく判明いたします。殿には元気を取り戻していただかなくてはなりません」

忠道に接する時の多津は母親気分である。

「何、吉次朗の居場所が分かったのか」

忠道の白い頬に生気がよみがえる。

「はい、本日はそのお知らせに参りました」

「聞かせてくれ。吉次朗がどのような目に遭って、今はどうしているのか」

忠道は起こしてくれと手を出した。

加納家老と多津が両脇から忠道の身体を起こした。

そして、吉次朗が襲撃されたことや、それによって逃亡を続けている事情を告げた。

「一刻も早くここに呼び戻したい」

忠道は悲痛な顔で言う。

「きっと、その日も近いと存じます。殿にはお元気を取り戻していただきたい。そのためには、きちんとお食事も召し上がって力を付けて下さいませ」

多津は言う。

「多津、それだが、病人は食事をすれば元気になると皆は言うが、わしはどうもその逆のようじゃ。食事を摂《と》ると具合が悪くなる。薬も効いていないようじゃ」

多津の顔が険しくなった。

「殿、何故そのこと、この加納におっしゃって下さらないのですか」

家老の加納も驚いている。

「すまぬ、宗拓がこう言ったのだ。薬が効き始める時には、いったん具合が悪くなる場合がある。だが、その時期を過ぎると回復は著《いちじる》しいと……」

忠道の言葉に、多津は加納家老と顔を見合わせると、

「殿様、本日は私が連れて参りました医師にお脈を取らせていただきます」

有無を言わさぬ声音で伺う。

忠道は頷《うなず》いた。そしてこう言ったのだ。

「わしも医師を変えた方がよいのではと考えていたところだ。少しも良くならないからな。多津が連れて来た医者なら安心だ」

多津はその言葉を受けて、下段に待機している道喜を呼んだ。

「道喜殿」

道喜は緊張した様子で忠道が臥す部屋に上がって来て膝を進めると頭を下げた。

「田中道喜でございます。おたつ、いえ、多津様にはいつもお力をいただいておりまして……」

「よいよい、挨拶はよい」

忠道は腕を差し出した。

道喜は慎重に脈を取る。その表情は決して明るいものではない。

多津も加納家老も息を殺して道喜の表情を見詰めている。

道喜は脈を診たあとは、忠道の許可を得て、身体を細部にわたって確かめ、忠道にも不快な症状があればそれを聞き、

「本日から私が調合する薬を飲んでいただきます。これまでの薬は中止いたします」

険しい顔で告げた。

忠道も察するところがあったのか、多津に言った。

「多津、しばらくこの道喜をわしの側に置いてくれぬか」

「もちろんです。私もそのように申し上げようかと思っておりました。しばらく宗拓殿には、この部屋の出入りも控えていただきます」

多津は告げると、すぐに道喜と下座に移動して、隣室に待機させていた九鬼十兵衛も呼び入れた。

「そなたも殿がご回復なさるまでここに詰めて下さい。道喜殿と力を合わせて殿を守っていただきたい。小野派一刀流の免許皆伝のその腕、頼もしく思っていますからね」

多津の言葉に九鬼十兵衛は、

「承知いたしました」

決意の目で頷いた。また道喜には、

「殿は食事をすると気分が優れないとおっしゃっている。御家老に相談して、御膳《おぜん》夫《ぶ》の者たちに、消化の良いものだけを差し上げるよう徹底して下さい」

万事抜かりのないようにと頼んだ。

すると道喜は、宗拓の薬箱から薬包紙ひとつをつまみ出して、

「私も頼みたいことがあります。これを神田の白井良仙《しらいりようせん》という医者に渡して調べてもらってくれませんか。念の為です」

険しい顔で言った。

「承知しました」

多津は薬包紙を自身の財布の中に入れると立ち上がった。

そして、加納家老には他の医者を寄せ付けないよう頼み、忠道の枕辺に再び戻ると、

「安心して養生に専念して下さいませ。万端差配《ばんたんさはい》いたしましたゆえ」

忠道に微笑んで伝えると暇乞《いとまご》いをして退出した。

二

「わお～ん、ワンワンワン」

飼い犬の柴犬トキが空を見上げて鳴いている。

毎朝東の空が明けてくると、朝だぞうっと、トキは主のおたつを起こすのだ。

おたつは青茶婆だ。一日貸しの高利貸しだ。毎朝トキの合図で、店の前には今日の商いをするための銭を借りに来た人の列が出来る。

この日は、近くの長屋に住む男が二人、そしてこの長屋の者たちも棒手振《ぼてふ》りの弥《や》之助《のすけ》を筆頭に、大工の常吉《じょうきち》、鋳掛《いかけ》屋の女房おこんが並んでいる。

皆常連客だ。トキの声と同時に戸が開くのを待っているのだ。

だが今朝は、トキが鳴くのもこれで二度、大きな声を張り上げて鳴いてくれたのだが、家の中から心張り棒を外す気配は無い。

「まったく、どうしちまったんだよ。ひょっとしておっちんじまったんじゃないだろうな」

いらいらして弥之助が口走る。

「縁起でもないことを言わないでおくれな。おたつさんが死んじまったら、この長屋の者たちはどうなるんだい……皆干上がっちまうよ」

おこんが言う。すると今度は大工の常吉が、

「困ったな、これ以上待てねえよ。あんまり遅くに顔を出したら、おめえはもう来なくていい、なんて親方に言われるんだから」

足踏みをしながら戸のむこうを睨《にら》んでいる。

今朝は寒い。霜が降りて本格的な冬の到来を迎えたのだ。

「おい、トキ、ぼんやりしねえで、もう一度鳴いてみな」

弥之助はトキの背中をとんとんと叩く。

だがトキは、知らんぷりの顔で、どっこいしょと腰を下ろした。

「ああ、もう……しょうがねえな、おまえも歳か……」

弥之助は袂《たもと》から、小腹が空いた時のおやつに持ち歩いている炒《い》りじゃこをひとつ取り出して、

「トキ、分けてやるから、もう一度鳴いてくれよ」

トキに与える。トキは美味《うま》そうにむしゃむしゃ食べるが、もっとくれという顔だ。

「鳴け！　トキ……鳴いたらあげるよ」

トキは、しょうがないなという顔をすると、

「わっお〜ん！」

気乗りのしない声を張り上げた。

すると、家の中で土間に降りる気配がした。

「おたつさん、みんな待ってるんだぜ！」

ほっとして弥之助が声を上げると、おたつが顔を見せた。

「なんだよ、大きな声で、私がおっちんだんじゃねえかって……馬鹿言っちゃあいけないよ。憎まれっ子世に憚《はばか》るって言葉もあるだろ。私はその憎まれっ子なんだよ」

おたつは悪態をついて戸を開けた。

早速順番に銭を借りる。

だが弥之助の順番になっても後回しにされて、ますますいらいらが募る弥之助だ。

「ったく、なんてことだよ。一度だって返済が滞ったことなんてないぜ」

ぶつぶつ言って待っていると、ようやく弥之助の番になった。他の者たちは、さっさと借りて出かけている。

弥之助は、むすっとした顔で、上がり框《かまち》に腰を掛けた。

「おたつさん、困るんだよな。近頃はあちこちの料理屋から注文があってさ。小体《こてい》な店でも開けそうなんだ。でもよ、野菜を持って行くのが遅かったら、次はねえんだからさ」

　銭を借りることより愚痴《ぐち》と不満が口をついて出る。

「すまないね。おまえさんには頼みたいことがあってさ、それで待ってもらったのさ」

「なんだよ、いったい……」

　拗《す》ねる弥之助だが、自分は他の者とは違って特別に信用されているんだと思えば、内心嬉しい。

「おまえさん、神田の方も廻《まわ》るだろ？」

「もちろん」

「神田に白井良仙ていう医者がいるらしいんだが、道喜先生が、おまえさんならよく知ってるって言っていたから」

「ああ、知っているさ。道喜先生の友達だろ。道喜先生に紹介してもらって、良仙先生の長屋にも二日に一度は廻ってるんだ」

「長屋住まいなのか……で、なんていう長屋なんだい？」

おたつは弥之助に渡す銭を勘定《かんじょう》しながら尋ねる。

「神田の豊島町にある『地蔵長屋』っていうんだよ」

「地蔵長屋か……」

おたつは頷き、

「はい、今日の銭だよ」

弥之助の前に銭を置く。

「長屋に入る木戸のところに、お地蔵さんが立っているんだ。その地蔵ですぐに分かるよ」

弥之助は巾着《きんちゃく》に銭を入れて立ち上がった。だが怪訝《けげん》な顔になると、

「良仙先生に用事があるのかい……あっしが行こうか？　おたつさん、昨日はどこかに出かけたらしいから疲れてんだろ。年寄りは疲れやすいっていうからな」

「いいよ。あたしもね、おまえさんに頼むつもりでいたんだけどね。大事な用事だからあたしが行かなきゃと思ったのさ。ありがとね、引き留めてすまなかったね。今日は利子はいらないから」

「えっ、ほんとう……」

銭を入れた巾着を触って、

「やっぱりおたつさんは優しいや」

弥之助は嬉しそうに出て行った。

おたつは苦笑して見送ると立ち上がった。

半刻後、おたつは神田の地蔵長屋を訪ねていた。

『いしゃ』と書いた板切れが軒にぶら下がっているのが、白井良仙の家だった。

おとないを入れて中に入ったが、患者は一人も見えなかった。

目に入ったのは、机の前に座って医学書か何か、読みふけっている男がいるばかり。しかもその男は、傍《かたわ》らに酒とっくりを置いている。

どうやら酒を飲みながら本を読んでいるようだ。

「白井良仙先生でしょうか」

おたつは尋ねた。

「そうだが」

良仙はじろりと顔を向けて、

「そこに上がってくれ、どこが具合が悪いんだね」

おたつに座敷に上がれと勧めて、自身も膝を寄せてきた。

「診察をお願いするために参ったのではございません。道喜先生から頼まれたことがございまして……」

おたつは部屋に上がると、持参してきた薬包紙を良仙の前に置いた。

「なんだね、これは……」

良仙は薬包紙を手に取って尋ねた。その目の色は一瞬にして険しくなっている。

「このお薬の成分を調べてほしいとのことでございます」

おたつは、じっと見詰めた。

「成分を調べろ……何故道喜本人が来ないんだ。それに婆さんはどこの誰だね」

良仙は不審《ふしん》な目を向けてきた。

「これは失礼いたしました。私は米沢町で金貸しをやっております、おたつと申します」

「えっ、おたつさん……」

良仙は驚いて、

「青茶婆のおたつさん。これはびっくりだね。道喜からも野菜売りの弥之助からもいろいろと聞いていますよ。憎まれ口と説教は日常茶飯事、誰にだって物怖《ものお》じしない婆さんだって」

「ふん、婆さんだなんて馬鹿にして……みんなあっという間に歳を取るんだから」

おたつは睨んだ。

「おたつさん、道喜はこんなことも言っていましたよ。食い詰めておたつさんのところに金を借りに行ったら助言してくれたんだってね。それで失敗しても、もともとだと思いながら、言われた通りにやってみたら、なんとこれが当たって診療所を持てるような身分になったんだって。おたつさんは恩人だと言っていました」

「ふん」

おたつは鼻で笑った。

「そうそう、ここに来る弥之助だって、おたつさんが長屋にいなかったら、今頃小金欲しさに博打《ばくち》をしたり人の物をくすねていたかもしれねえなんて言っていました。そのおたつさんに会えるとは……はっはっはっ」

良仙は口を開けて笑ったが、その度に酒の匂いがおたつの鼻を襲った。

「やれやれ、立派な先生だと聞いてきましたが、患者は一人もいない。先生は昼間っから酒浸り……先が思いやられるね」

おたつは言った。正直こんな医者に大切な物を渡して、大丈夫なのかと不安になってきている。

「いやあすまんすまん。おっしゃる通り患者もいなくて暇をもて余していて、腹を満たそうにも米櫃《こめびつ》に米が一粒も無い。それで飯は諦めて、台所に残っていた酒で腹を満たしていたところだ」

「御飯のかわりにお酒とは……そんな話は屁理屈《へりくつ》だね。酒を買う金があるのなら米を買えるじゃないか。医者にこんなことを言うのはいかがなものかと思いますが、まっ、長生きはしないだろうね」

「はっはっ、医者の不養生ってとこですか」

「何言ってるんだね。医者の不養生というのは、仕事が忙しくて、自分の身体を労《いたわ》る暇のない人の話じゃないか」

「確かに確かに……いや、嬉しいね、おたつ婆さんに説教されるなんて」

「まったく……道喜さんより酷《ひど》いね。いいかい、人には頑張り時っていうのがあるんだよ。その若さだ、今が頑張り時じゃないのかね」

昼間っから酒の匂いをさせているのが、おたつには気に入らなかった。

「はっはっ」

嬉しそうに良仙は笑うと、

「おたつさんの言う通りかもしれないな。だがな、おたつさん。私は酒は飲んでも医学はしっかりと身に付けている。道喜はそれを分かっているからこそ、こうしておたつさんに頼んできたんですよ。安心してくれ、この薬包紙の中にある成分、必ず調べてお知らせする」

自信ありげに言った。

「では、よろしくお願いします。詳しい事情は話せないのですが、今道喜さんには私の知り合いの患者さんを診ていただいています。これまでは宗拓という先生に診てもらっていたのですが、ちっとも良くならない。いえ、悪くなっている。それで道喜さんに頼んだのです。今道喜さんは患者につきっきりで診て下さっていますので、それで私がこうしてお届けした次第です」

良仙は頷くと、

「分かりました。やってみましょう」

良仙は引き受けてくれたが、何かこれから面白いものでも見付けるような興味津々の顔だ。

「薬の中身が判明いたしましたら、すぐに米沢町一丁目の、私のところまで届けていただけませんでしょうか」

おたつの頼みを、良仙は快く受けてくれた。

「それにしても、せっかくおたつさんに巡り会ったのだ。私も道喜のように、おたつさんから助言をいただきたいものだ」

良仙は笑った。その目は真剣だった。

おたつは苦笑して見返すと、

「ここにやって来るような患者は、なけなしのお金を握ってやって来るのです。裕福な者や原因の分からぬ重い病となるとここにはやって来ないでしょう。人は見た目、第一印象で決めてしまうところがある。良仙先生は道喜さんも認める優秀な先生だとしても、患者にはそこまで分かる筈もないのです。藪《やぶ》医者でも立派な家屋を建てて診察を始めれば、その腕の危うさが判明するまでは人はだませる。哀しいですがそんなもんです。昼間っから酒の匂いをさせているようでは、患者は寄りつきません」

厳しいことを言ってやった。

「そうか、やっぱり酒は駄目か……」

良仙は困った顔で頭を掻《か》いていたが、

「よし、物は試しだ。道喜を見習っておたつさんの言う通りにしてみるか。なんか日銭を稼がねば酒代も米代も払えぬからな。では、さっそく」

良仙は一礼すると、薬包紙を手に机の方に向かった。

三

——道喜推薦の医者だ。間違いはあるまい……。

そう思うものの、昨日会った良仙に対する不安は尽きない。

良仙から返事を貰うまでは心穏やかではないおたつだが、家の中でじっとしている訳にもいかない。日々の青茶婆としての仕事は待ったなしだ。

おたつは深川にある持ち家の貸し賃を取りに行った帰りに、つい最近うなぎ屋の店を深川元町で開いたという与七《よしち》の店に向かった。

与七は新大橋の袂で『どんぶりうなぎ飯』の看板を出し、よしず張りの腰掛け店で商っていた働き者だ。雨や突風の日でない限り、店を営んでいた。

病弱の母親の面倒を見ながらで、おたつは与七の心ばえに感心し、またうなぎの味も気に入っていて、深川に集金にやって来た時には必ず立ち寄っていた。

今日は良仙に頼んだ薬のこともあって、ゆっくり食事は出来ないが、店を出した祝い金は渡してあげたいと思っている。

「おや……」

おたつは足を止めた。

仙台堀に架かる上の橋の袂で、ぼんやり大川を見詰めている若い男が目に留まったのだ。

――やっぱりそうだ。

若い男は指物師源七《げんしち》のところで修業している松吉《まつきち》という者だった。

松吉はおたつが長屋に引っ越した折、注文していた茶簞笥《ちゃだんす》を運んで来て板間に設置してくれたばかりか、その時馴れない手つきで台所の棚を作っていたおたつに代わって、棚も作ってくれたのだった。

「松吉さん」

おたつが声を掛けると、ふあっと心許《こころもと》ない顔を向け、おたつと分かるや、

「おたつさん……」

指物師の弟子の顔になって頭を下げた。

「どうしたんだい、こんなところで……寒いでしょうに」

おたつは辺りを見渡した。

何も無い殺風景な橋の袂だ。大川の川風が吹き付けてくるところで、松吉は襟巻きをしている訳ではない。

「はい、親方がこの近くのお客さんの家に用事があったものですからお供をして参りました。でも一刻ほど手間がかかるので、その間どこかでしる粉でも食べてこいと言われまして……」

松吉は、握りしめていた掌を開いて見る。

「そう、じゃあ、おしる粉食べたのね」

微笑んで訊《き》くと、

「いいえ、せっかくいただいた銭です。田舎のおっかさんに送ってあげたいから、ここでこうして時間を費やしているのです」

松吉は、川風に吹かれながらそう言った。頬は寒さで白くなっている。

「そうか……おっかさんにね」

「はい、おっかさんは女手ひとつであっしを育ててくれました。田畑も無い家で、雇われ仕事をして育ててくれたんです。そのおっかさんが、おまえは江戸に出て、手に職をつけてくるんだ。あたしのことは心配いらないからと送り出してくれまして。だから……」

思わず母のことを告白したからか、恥ずかしそうな顔をする。

「感心な心がけだね。でもね、こんなところで長居をしていたら風邪をひいちまいますよ。そうだ！……ちょっと一緒においで」

おたつは松吉を連れて、深川元町に足を向けた。

「あった、あった……」

おたつは『どんぶりうなぎ飯』の看板を見て微笑んだ。小体な店だが、張り替えた障子、暖簾も真新しい。

　怪訝な顔でついてきた松吉を手招いて、おたつは店の中に入った。

　数人のお客が、うなぎ飯のどんぶりに食らいついている。また、うなぎを肴《さかな》に酒を飲んでいる者も見える。

　なかなか繁盛しているじゃないかと見渡したところに、

「おたつさん！」

　嬉しそうな声が飛んできた。

　おたつが手を上げると、以前と変わらぬ絞りの柄のねじり鉢巻きに、粋な縞の着物、それに真白い襷《たすき》を掛けた与七が板場から飛び出して来た。

「おめでとう、与七さん、よく頑張ったね。立派なもんだよ」

　おたつは我がことのように嬉しい。

「おたつさんのお陰ですよ。いつも励まして下さいやして、どれほど心丈夫だったか分かりません」

「何を言ってるの、おまえさんの力ですよ。手助けしてくれる人も雇ったんだね」

　板場で音を立てているのを耳にして、おたつは訊く。

「はい、一人雇いました。ささ、どうぞ、お掛け下さい。上等のうなぎ飯をお持ちしますよ」

急いで板場に引き返そうとする与七に、

「与七さん、これ、お祝い……」

おたつは懐紙《かいし》に包んだ祝い金を与七に渡した。

「すまねえ、有り難く頂戴いたしやす」

押し頂いて礼を述べる与七を、おたつは松吉に紹介した。

「この人はね、与七さんというんだけど、ついこの間までそこの新大橋の袂でよしず張りの店を出していた人なんだよ。こつこつ、辛抱強く頑張って、そうしてこの店を持ったんだ」

「おたつさん、恥ずかしいよ」

与七は照れて頭を掻いた。

「恥ずかしいものかね、立派だよ。頑張ればこうして良いことがあるってことだ。与七さん、この子はね、神田の指物師の親方のところで修業している松吉さんというんだよ。そこで偶然会ったものだから連れて来たんだ」

おたつは与七に松吉を紹介して、今度は松吉に言った。

「ここのうなぎは美味いよ」

松吉は困った顔をして、

「あの、あっしは……そんな、うなぎを食べるお金は持っていません」

視線を伏せた。

「何言ってるの、私のおごりだよ」

おたつが言うと、すぐに与七が、

「おたつさん、今日はあっしにご馳走させて下さいよ。松吉さんもお金の心配はいらないよ」

そう言って引き返そうとするのに、

「それがね、今日は私は急いで帰らなきゃならないんだよ。のっぴきならない用事が待ち構えているんだ。私は出直して来るから、この松吉さんにだけ出してあげてくれるかい」

おたつはそう告げると、松吉には、

「ようく味わって頂きなさい。そしてここで味わったうなぎの味を忘れずに励むんだよ。そうすりゃ松吉さんも与七さんのように、きっと親方に認められる一人前の指物師になれるんだから」

「ありがとうございます」

松吉は感無量、嬉しそうな顔で頭を下げた。

「じゃあね」

帰ろうとするおたつに、

「待って、焼けたうなぎがあるから」

与七は板場に走ると、素早くうなぎを折に入れて、おたつの手に渡した。

「ありがと、じゃあ遠慮無く……」

おたつは、折をぶら提げて与七の店を出た。


長屋に戻ってみると案の定、良仙が表で待っていた。

おたつは小走りして近づくと、

「入って……」

良仙を家の中に入れた。

「おたつさん、この薬包紙に入っていた粉は米粉でしたぞ。念の為に団子にして鼠《ねずみ》を捕まえて食べさせてみたが、何の変化も無かったのだ。万が一毒が混じっていたなら鼠の身体に何か変化があった筈だ。ところが鼠は、たらふく食って満足げな顔をして逃げて行ったのだ」

良仙は言ったが、

「ただ……」

と険しい顔になって、

「こんなものを薬と称して飲ませているのも許されることではないが、昨日の話では、食事をすると気分が優れないと言っていましたな。食事に何か問題があるのかもしれませんぞ」

「つまり食事に毒を混入していると……」

おたつは聞き返す。

「調べてみないと分からないが、大いにあり得る」

良仙は、少しも迷いの無い顔で言った。

おたつは愕然とした。こうしてはいられないと良仙の顔を見た。すると良仙も、

「おたつさん、道喜のいるところに私を案内してくれませんか。何が原因なのか、私も一緒に突き止めてみたい」

厳しい顔で言った。

おたつは迷った。良仙を連れて行けば、患者が誰なのか判明する。毒を盛られているのなら藩内の不祥事が露見《ろけん》することにもなる。

――とはいっても、忠道様のお命が大事……。

「分かりました。私も参りますのでご一緒に……ただし、この先見聞きすることは内密に願いたいのです。いえ、おまえさんの身に危険が及ぶとかいう話ではないのです。こちらの都合なのですが……」

真剣な顔で良仙を見た。

良仙も神妙な顔で頷いてみせた。

二人はすぐに長屋を出た。

おたつは山城屋には立ち寄らず、青茶婆の姿のままで良仙と花岡藩上屋敷に赴いた。

すぐに家老の加納が出て来て、中奥の小座敷に案内された。

闘病中の藩主忠道の耳には入れたくない話だ。

「良仙……」

小座敷に入って来た道喜は驚いて座した。

「まさか花岡藩の上屋敷の話だったとは。ここに来る道すがらおたつさんには話を聞いたが、驚いている」

良仙は半信半疑の顔だ。

「それで……」

道喜は良仙に問う。

「あれは米粉だった」

「何……」

良仙はおたつに説明した薬に対する所見を述べた。

「そうか……やはりな」

道喜は頷いて、加納家老と顔を見合わせた。

「道喜、殿の料理を手がける者たち、それに配膳の者たちを調べたか？」

良仙は険しい顔で尋ねる。

「念の為に密《ひそ》かに小姓組に調べさせているのだが……」

そう言ったのは加納家老だった。

「良仙、実はな、最初殿のご病状を拝見して、華岡青洲先生が使用されていた『通仙散』の主成分である『朝鮮朝顔』を疑ったのだ。おぬしに渡した薬に配合されていないとなると、あとはお料理に関係する者たちを疑うしかない。そこでここに私が来たその日から、殿が召し上がるお料理は、御家老の奥方自らが調理して差し上げている」

道喜の処置を聞いた良仙が頷いたその時、

「御家老、小姓組の松井《まつい》英四郎《えいしろう》でございます」

部屋の外で声がした。

「入りなさい」

加納家老が返事をすると、三人の上下《かみしも》を着た小姓組侍が、医師の宗拓と、襷掛け前垂れ掛けの下級侍御膳方二人に縄を掛け、部屋の中に突き入れてきた。

「これはお多津様、松井英四郎でございます」

小姓組の松井英四郎は、おたつの姿を見て驚いて挨拶すると、

「御家老、これをご覧ください」

油紙に包んでいた物を出して開いて見せた。

包みの中には、ごぼうの根っこのような物が見える。

「なんだこれは……」

根っこを摑もうと手を伸ばした加納家老の手を、道喜は慌てて摑んで、

「触らぬ方がよろしいかと……これはやはり朝鮮朝顔の根に違いない。触った手で目でもこすろうものなら、目が一時見えにくくなります」

「何……」

加納家老は手を引っ込めて、

「いったいどういうことだ」

松井英四郎の顔を見た。

「白状したんです。この御膳方の二人が」

と縄を掛けた下級侍をきっと睨み、

「宗拓に頼まれて、この根を少しずつ削って食事に混ぜていたと……」

「何だと！……宗拓、お前は！」

加納家老は、後ろ手に縛られて俯《うつむ》いている宗拓の襟を摑んだ。

「お許しを……」

悲壮な顔の宗拓だ。

「ご家老、この男、医者でもなんでもありませんよ。留守居役が使っている『沢野《さわの》』という料理屋の太鼓持ちだったんです」

松井英四郎は言った。

「なんということだ！」

家老は、摑んでいた宗拓の襟を絞めあげた。

「うぅっ」

苦しむ宗拓を見て、

「こやつめ！」

加納家老は宗拓を力いっぱい突き倒した。

「この御膳方の二人は、金に目が眩《くら》んで、宗拓の言う通りに根っこを削って殿の膳に入れていたようです」

松井英四郎の報告に、宗拓は

「知らなかったんです。我らは朝鮮人参だと聞かされていましたので……どうかお許しを」

怯《おび》えた顔で頭を下げるが、許されるはずもない。

「ひとつ訊きたい」

道喜が険しい顔で進み出て、

「いつから料理に混ぜていた？」

「十日前から朝食に入れるよう指示しました」

震える声で宗拓は答える。

「削り入れた量は？」

今度は良仙が二人の料理人に尋ねた。

「ほんの少しです。宗拓先生が少しでいい。長く続けて入れてくれと……」

良仙と道喜は、顔を見合わせて頷いた。少し安堵《あんど》した顔だ。

「英四郎、この者たちを牢に入れろ。それと、留守居役の須川を呼んで参れ」

加納家老は怒り心頭だ。

「それが、留守居は今朝から行方が知れません」

松井英四郎はそう告げて御膳方の二人と宗拓を引ったてて出て行った。

「ふぅむ、ならば目付に申しつけて……須川をきっと探し出し、罪を問わねばなるまい」

加納家老も急いで部屋の外に出て行った。

座敷にはおたつと良仙と道喜が残った。

「殿は立ちくらみがしたとか、目が見えにくいとかおっしゃっていたが、その後の処置で落ち着いてきている。大事にはいたらないと思うが……」

道喜が言った。

「で、もともとの病は何なのだ？」

良仙が尋ねると、

「胃弱であったようだ。そこに若様を心配するあまり心の病が重なったようだ。養生すればお元気になられる」

「そうか、なら安心だ。道喜、手が足りない時には何時でも言ってくれ。ただ俺は、このようなかたぐるしい場所は苦手だがな」

良仙は苦笑して言った。

おたつは道喜に、引き続き藩主忠道の介護を頼み、良仙と屋敷を辞した。

四

その後藩主忠道の病状は、回復に向かっていると道喜から報告は受けていたが、おたつは全快の声を聞くまでは気が気ではなかった。

そんなある師走の寒い日に、九鬼十兵衛がおたつの長屋を訪ねて来た。

烏金《からすがね》を借りに来た者たちも引き揚げて、遅くなった朝食を作ろうかとゆるゆると腰を上げたところだった。

「多津様、悪漢たちの処罰も終わりました」

九鬼十兵衛は開口一番そう言った。

「やはり留守居役も関与していたんですね」

多津は茶器を引きよせ、鉄瓶の湯を急須に注ぎながら尋ねる。

「はい、留守居は前の奥医師を解任し、宗拓を奥に入れ、更には御膳方の二人を金で釣って言うことを聞かせていたようです」

九鬼十兵衛は苦々しい顔で告げると、

「いただきます」

おたつが淹れた茶を手に取った。

「九鬼殿、留守居が何故そのようなことに手を出したのでしょうか。私もあの留守居を知らぬ訳ではない。慎重というか、臆病というか、もうひとつはっきりしない人だと見ていました。あの留守居が事件の張本人だとは、どうも考えにくいのです」

おたつはそう呟いたのち、一拍置いてから、

「留守居の背後に誰かいたのではありませんか」

九鬼十兵衛に質《ただ》した。

おたつは一連の奸計《かんけい》を画策した者が、真希の方派の誰かではないかと思っている。

真希の方自身は姫様育ちのおっとりした人だが、正室に連なる者たちの中には、藩の継嗣は梅之助ひとりだ。他の誰であってもいけないと考えている。

吉次朗が藩邸を出て、外で暮らすようになったのも、そのことが原因だったのだ。

「多津様のご心配は遠からず当たっていると私も思います。なにしろ留守居があん

な悪事を独自で考えるとは思えません。御家老も同じ考えでした。そこでかなり厳しい取り調べをやったのですが、留守居は自ら死を選びました」

九鬼十兵衛は、苦々しい顔で言った。

「自死したんですか?」

「牢内で首をくくって死にました」

「それじゃあ、留守居の背後を知ることは出来なかったということですね」

おたつの言葉に九鬼十兵衛は頷いて、

「好むと好まざるとに関係なく次代の藩主については、我が藩の行く末を左右する話ですので、否が応でもこたびのようなことは起こるのでしょうな。誰が主導していたのか分からずに幕を閉じるのは無念ではありますが」

悔しさの滲《にじ》む顔でおたつを見る。

「ではあの偽医者と御膳方二人にはどのような処罰を?」

おたつは引き続き尋ねた。

「打ち首でした」

九鬼十兵衛は言った。

「打ち首……」

「はい。留守居の家も御膳方二人の家もむろん断絶となりました。御膳方については大改革が御家老の手によって行われました。今後殿や奥方の御膳については、材料の吟味、調理方の見張り、配膳もそう……そして長らく廃止となっていた毒味役も復活させると御家老は言っております」

まずは一件落着と九鬼十兵衛は言い、

「それと道喜殿については、殿のご要望で今しばらくお側にお仕えすることになりました。私は吉次朗様探索に携わります」

そう告げて腰を上げ、土間に降りた九鬼十兵衛は、見送ってくれるおたつを振り返り、

「しかしそれにしても、多津様が青茶婆とは……」

呆れ顔で、

「殿も驚いておられました。青茶婆を説明するのに苦労をいたしました。では」

九鬼は苦笑を残して帰って行った。

するとそれを待っていたかのように、中年の女が入って来た。

「おたつさんでございますね」

町家の内儀だった。年の頃は四十も半ばか、色の白い人だった。

「私は神田の指物師源七の女房でおさいと申します」

腰を折って名を名乗った。

「源七さんのおかみさんですか」

おたつは思いがけない訪問者に笑みを浮かべて迎えた。

指物師源七とは、松吉の親方だ。

「これはこれは、源七さんが作った茶棚、大変重宝していますよ」

ちらと水屋に置いてある茶棚に、おたつは視線を投げる。

「恐れ入ります。先だっては松吉が美味しいうなぎをご馳走になったと喜んで帰って参りまして、ありがとうございます」

礼を述べる姿は、歳の割に若く見える。子供を育てた母親のくたびれた体つきではなかった。

「いえいえ私の知り合いの人がお店を開いたものですからね。賑やかしに一人でも多いお客さんをと思いまして……さ、どうぞ、お上がり下さい」

おたつはおさいを座敷に上げてお茶を出し、火鉢をおさいの側に寄せた。

「恐れ入ります」

丁寧に頭を下げたあと、おさいは思い詰めた顔でこう言った。

「あの、あの日、松吉がご馳走になった日のことですが、松吉はどこに行っての帰りだと言っていたのでしょうか？」

おさいの顔は真剣だ。

「さあ……」

おたつは首を傾《かし》げて、

「お客さんの家に親方のお供をしてきたのだが、しばらく休憩して、また迎えに来るようにと言われた……そう言っていましたね」

怪訝な顔でおさいを見た。

おさいの顔色がさっと変わった。

「やっぱり……」

確信得たりという顔になって、

「亭主の源七は、きっと女のところに行ったのに違いありません」

おさいは断じた。

「さあ、それはどうだか、松吉さんも何も言わなかったですからね」

だがおさいは、ずいと膝を寄せると、

「お願いがございます。どうか相談に乗っていただけないでしょうか」

きっとおたつを見た。

「私が……私はただの金貸しですよ」

「いいえ、実は、松吉からあなたさまのお名前をお聞きした時に、そういえばおたつさんとおっしゃる方は、金貸しではあるが相談にも乗って下さるらしいという話を思い出したんです。それでお訪ねした次第でございます」

おたつは苦笑した。

「おさいさんでしたね。どこでどんな噂をお聞きになったか知りませんが、私はご覧の通りの老婆、しかも金貸しです。人様の悩みを伺っても、お役に立つとは思いませんが」

「話を聞いていただいて、助言いただければそれで……」

「そんな力も知恵もありません。どなたか他の方に相談なさった方がよろしいかと思いますよ」

「いえ、それは……お願いでございます」

おたつの言葉を遮るように、おさいは手を突いた。

「おさいさん」

困惑するおたつに、

「私は他に相談するような人はいないのです。こちらにおすがりするしかないのです」

おさいの声には力がこもっている。なにがなんでもという顔だ。

おたつはため息をつくと、

「お金の話ですか？……しかし私は小銭貸し」

おさいに訊いた。

「いえ、亭主のことで相談したいのです」

「源七さんの？」

「はい、先ほども申しましたが亭主に女が出来たらしいんです」

「女ねえ……男はね、たいがい女房だけで満足する人はいないようですよ」

おたつは、突き放すように言った。

人には言えぬが、おたつも昔夫に女が出来て別れている。

「源七さんはその女に貢いでいるんです。店のお金を持ち出して、それもたびたびのことで、このままだと店が成り立ちません」

「ふーん」

おたつには信じられない。

茶棚を購入する時に、源七の仕事場兼店を訪ねているが、その時源七の仕事ぶりを見て感心したものだった。

源七は表の店に出来上がった茶棚や文机《ふづくえ》、三段ほどの衣装簞笥、化粧道具入れなど見事な指物の品を並べて販売し、奥の仕事場では松吉を入れて八人ばかりの弟子を使って指物を作っていた。

愛想も良く、好感の持てる男だったのだ。外に女を作って店の金を持ち出すような人には見えなかった。

返事の無いおたつの様子に、おさいは心急《せ》いたように言葉を繋げる。

「源七さんはおとっつぁんのお気に入りの弟子でした。私も源七さんのこと、気に入っていて、それで婿に迎えて店を継いでもらったのです」

「婿殿だったんですか、源七さんは……」

「はい、ところが私との間に子供は出来ませんでした。それについては、私も源七さんも寂しい思いをしてきました。亭主には申し訳ないと思っていたのですが、このたび外に女がいると知って、もう腹が立って我慢なりません。私に不満があったとしても、女房として許せません。どうすれば元の亭主に戻ってくれるのか……」

「話し合うしかないだろうね」

おたつは言った。

「一度問い詰めたんです。でも、鼻であしらわれてしまいました」

「じゃあ女に会って、直談判してみては……」

「ええ……」

おさいは、急にしゅんとなって、

「でも離縁などという話になれば、指物師の店は潰れてしまいます。そんなことになったら、おとっつぁんになんと報告すればよいか……」

「困ったわね」

おたつは言葉を濁すが、消沈しているおさいを見て、

「本当に亭主を取り戻したかったら、亭主にも、その女にも、全力で立ち向かうしかないね……それが出来ないなら、じっと我慢するしかないんだから」

厳しいおたつの言葉に、おさいは黙って顔を伏せた。

「おさいさん、私が言ってあげられるのはそれだけです。力になれなくて申し訳ありませんが……」

しばらく沈黙が続いたが、

「すみません。お手間をとらせました」

おさいは力の無い声で頭を下げると、肩を落として帰って行った。

——今は相談に乗る余裕は無い。

吉次朗様を全力で探し出さなくてはならないのだ。

おさいには気の毒だったが、おたつが抱えている事情もまったなしになっている。

おたつは内心おさいのことを案じながら、冷えたお茶を口に運んだ。

「おたつさん、おたつさん。今帰って行ったのは、源七親方のところのおかみさん

だろ？」

遠慮の無い戸の開けかたをして入って来たのは、商いを終えた弥之助だった。

弥之助は、肩に受けたものを払いながら言った。

「どうしたんだい、雪かい？」

「みぞれだよ。雪になるかもしれねえ」

ぶるると身体を震わせて上がり框に腰を据えた弥之助に、

「おまえさん、おさいさんを知っているのかい」

おたつは、鉄瓶の湯を湯飲みに入れて出してやった。

「ありがてえ、今日は寒い寒い」

弥之助は白湯《さゆ》を一口飲んでから、

「知っているよ。神田はあっしの縄張りのうちだからね。源七さんもよく知っているんだ。ところがその源七さんが、何日前だったかな、富ヶ岡八幡宮の境内を、若い女と五、六歳の女の子を連れて楽しそうに歩いているのを見たんだよ」

「間違いないんだろうね」

じろりとおたつは弥之助を見る。

「あっしの目は夜でも遠くを見ることが出来るんだぜ。でね、声を掛けようと思ったんだけど、女の子を中にして、両脇から女の人と源七さんが手を繋いでさ、まるで家族が歩いているようだったから、声を掛けそびれちゃって……あとで考えると、怪しいなって思ったんだよ。だって源七さんとおさいさんの間に子供はいないからね」

おたつは黙って聞いている。

「ひょっとしておさいさんは、御亭主に女がいるって分かって、ここに相談に来たんじゃなかったのかい？」

弥之助は白湯を飲み終えて茶碗を下に置いた。

「どうしてそんな推量をするんだい。まさかおまえさん、富ヶ岡八幡宮で見たことを、おさいさんに告げ口したんじゃないだろうね」

おたつはむっとなった。

「まさか、そんなことは言わないよ。ただ、この間おさいさんに訊かれたんだ。いろいろ困っていることがあるんだけど、相談出来る人を知らないかって……それでおたつさんの話をしたんだよ」

「おまえさんは……」

おたつは、弥之助の頭を、ぽんと叩いた。

「何するんだよ！」

弥之助は、母親に食ってかかるような声で言った。

「べらべらべらべら、あたしのことをあっちこっちでしゃべるんじゃないよ。おまえさんはね、野菜を売ってりゃいいんだよ。年寄りのあたしを話の種にして……こっちはね、いろいろと忙しいんだよ」

「よく言うよ。あっしがいろいろしゃべってるから、この間のことだって、おたつさん、助かっただろ？」

「なんのことだよ」

「ほら、良仙先生のことさ。先生が住んでいる長屋、すぐに分かったんじゃなかったのかい」

「ふん、捜せば分かるよ」

おたつは言い返す。

「まったく、年寄りは難しいよ。まあね、良仙先生もおたつさんに会えて喜んでいたからいいけどね」

弥之助は、空になった湯飲みに、

「もう一杯貰うよ」

鉄瓶の湯を入れる。煮立っていた湯気が湯飲みの中に注がれる。

「なんで喜んでいるんだよ」

湯気を顔に受け、にやりとした弥之助に、おたつは言った。

「だって、おたつさん、酒を昼間っから飲むような医者のところに患者は来ないって言ったんだって……結構ぐさってきたって言っていたけど、おたつさんの言う通りにしたら、近頃ぽつぽつ患者がやって来るようになったんだって言っていたんだ」

「へえ、良かったじゃないか」

「感謝してるってさ」

おたつは、ふっと笑った。あの良仙がそんなことを言っていたのかと内心嬉しかった。

「あっそうだ」

弥之助は思い出して、袂に手を入れると、紙の包みを取り出して、おたつの前に置いた。

「なんなの、これ？」

おたつは取り上げて訊く。

「漢方薬……」

弥之助はにこにこして、

「良仙先生から預かっていたんだ。おたつさんに渡してくれって言うもんだから」

「あたしはどこも悪いところはありませんよ」

「滋養強壮《じようきようそう》の薬草だって……疲れた時に煎《せん》じて飲むようにって」

「へえ……」

おたつは包みをまじまじと見る。

「おたつさんには元気で長生きしてもらわなきゃいけないって言っていたぜ。あっしも同じ気持ちさね。元気なようでもガタがきてんだから」

「おまえさん、言うことがね、余計なんだよ」

おたつが返す言葉に、弥之助はふふっと笑うと、

「ごちそうさん」

飲み干した湯飲み茶碗を置いて帰って行った。

「…………」

おたつは、包みをじっと見詰めた。じわりとあたたかいものが胸に広がるのを感じて頰を緩めた。

五

おさいがやって来た五日後に、今度は松吉が訪ねて来た。青白い顔をして元気が無い。

「どうしたんだい、元気が無いじゃないか」

おたつは上がり框に座らせて尋ねた。

「おたつさん、おいら、うなぎ飯までご馳走になって励ましてもらったけど、源七親方のところを辞めようかなと思っているんです」

「何か辛いことがあったんだね」

おたつは、俯いている松吉の顔を覗《のぞ》いた。

松吉は、こくんと頷くと、

「親方とおかみさんの板挟みになって、あの家にいるのが苦しいんだ」

「そう……」

おそらく夫婦仲がこじれて、そのとばっちりを受けているのだろうとおたつは推測した。

先日はおさいの相談には乗ってやれなかったが、松吉は源七の店を辞めれば宿無しになる。

持てる銭もあるとは思えず、地方の者が奉公先を追い出されたり辞めたりすると、その先の道は決まってくる。

悪所に通い、あぶれ者の手伝いをするようになると、一年も経たないうちに立派な遊び人になる。

「もうあの家に帰りたくないんだ……かといって、おいらが立派な指物師になるのだと信じて送り出してくれたおっかさんのもとには、帰れねえし……」

「せっかくの指物師の修業を辞めるのは感心しないね。いったい何があったのか言ってごらん」

おたつはとうとう助け船を出した。

もめ事を引き受ければ、老いた身体に鞭《むち》を打たなければならないが、黙って帰すことはおたつには出来なかった。

「実は、親方には若い女の人がいて、この間おたつさんに会った時も、親方が若い女の店にいる間、時間を潰していたんです」

おたつは頷いた。おさいや弥之助が言っていたことに間違いはなかったってことだ。

「おいらも最初は親方のお供をして、言う通りに外で時間を潰していたんだけど、五日前におかみさんに呼ばれて、旦那を見張ってほしい。そして残らず、隠すことなく報告するようにと言われたんです」

おたつは、じっと聞いている。

「でもおいら、もう親方のお供もしたくねえ、おかみさんの言う通りに親方を見張るのも嫌だ」

松吉は泣き顔になって、

「まるで昔のおいらの両親を見ているようで耐えられねえ。おいらのおとっつぁんは、旅芸人の女と駆け落ちしちまったんだ。おっかさんが口やかましい人だってことは、おいらだって知っている。でも、おっかさんとおいらを捨ててどこかに行っちまったんだ。おっかさんはそれで苦労して、食うものも食わずに、おいらを育ててくれたんだ。今の親方とおかみさんを見ていると、どうしていいか分からねえ」

必死に訴える。

「松吉さん、おまえさんの他に先輩のお弟子さんがいるじゃないか。その人たちに相談したのかい？」

おたつは、松吉の顔を覗きながら質した。

松吉は頷いて、

「みんなおいらより年上なんだ。兄弟子たちは、様子を見るしかない。俺たちにはどうしようもねえ。そう言うんだ。だけど……」

この騒動のお陰で、おかみさんは始終機嫌が悪いし、親方の源七も心ここにあらず。弟子たちは弟子たちで緊張感が無くなって、なまける者も出てくるし、些細なことでいざこざが起きて、まともな仕事が出来ていない。

「中には、他の指物師の親方に弟子入りしなおすか、なんて言い出す兄弟子もいるんです」

松吉は、一気に仕事場が荒れていく様子を訴えた。

「まったく……」

何を考えているんだろうと、聞いているだけで腹が立つおたつだ。

「で、松吉さんは親方のお供をしていたんだね」

ついにおたつの心が動いた。黙って聞いておれなくなった。

「はい、深川に出かける時には、おいらがお供をしておりました」

「じゃあ、親方がどこの家に通っているのか知っているね」

「はい」

松吉は頷く。

「念の為に教えてくれないかい？」

「はい、親方が通っているのは、海辺《うみべ》大工町《だいくちょう》で居酒屋をやっている『かざぐるま』です」

おたつは頷き、松吉の顔を見て、

「松吉さん、いいかい、こんなことで指物師になる望みを捨てては駄目だよ。人はね、誰だって辛いことや、危機に面したことなく一生を送ることは出来ないんだ。このあたしだってそうさ。辛いこと、嫌なことはいっぱいあったさ。でもこうして生き延びてきている。おまえさんは若くて、何もかもこれからだ。これから希望に向かっていくんだ。それを、しょっぱなから諦めてどうするんだね。最初の望みを安易に諦めたりすると、次の望みも簡単に諦めてしまうようになるんだ。そうならないためには、ここはふんばりどころだ。辛いことがあった時には愚痴を聞いてあげるから、親方のところを辞めるなんて言ってはいけないよ。辛いだろうが知らんぷりを決め込んでお暮らし」

松吉はまだ十七歳だ。おたつの言うことをひとつひとつ真剣に聞いて頷き、

「分かりました。ありがとうございました」

しっかりとした口調で頭を下げた。

六

翌日おたつは、海辺大工町に向かった。

居酒屋かざぐるまは、すぐに分かった。小名木川《おなぎがわ》沿いの道から横町に入ったところに、軒に風車を突っ立てているのが、その店だった。入り口に近づいたその時、

「行ってきまぁす」

女の子が外に走り出て来た。

そしておたつを見ると、

「いらっしゃいませ」

ぺこりと頭を下げて走って行った。

——なかなかよい子じゃないか……。

客商売の家の子らしく、挨拶をきちんと出来ることに感心した。

「ごめんなさいよ」

おたつは店の中に入った。

まだ昼には少し時間がある。お客は一人もいなかった。

人の気配を感じてか、板場から若い女がこちらを覗いて、

「すみません。お店を開けたばかりで品数はまだ少ないんです。煮物でよろしければすぐにお持ちしますが」

愛想の良い声を掛けてくれた。

——ふむ……。

聞いた話の通り女は若かった。三十前後かと思われる。

だが器量はおさいの方が上だなと思った。

化粧はどちらかというと濃い。目は大きく見えたが鼻は低かった。

「そうだね、小腹が空いただけなんだから、里芋の煮っ転がしでもあれば、それだけでいいよ」

おたつは答えた。

「承知しました。で、お酒はどうします？」

女は顔をまた突き出して言った。

「お茶でいい。年寄りが昼間っから飲んでちゃ笑われるよ」

おたつの言葉に、女は笑いながら里芋の煮っ転がしとお茶を運んで来た。

「へえ、薄味なのかね」

おたつは里芋を見て言った。

「ええ、こちらは薄口醤油で炊《た》いています。濃口醤油を使うこともあるのですが、素材を生かしたいと思った時には薄口を使います」

「上方の人ですか？」

おたつは、箸を取って訊く。

「生まれは上方、でも幼い頃に江戸に出て来ましたから」

おたつは聞きながら、里芋の煮っ転がしを食べた。

「いかがですか？」

女は心配そうだ。

「美味しいです。里芋の味がしっかりと味わえますね。濃口を絡ませて茶色くなった里芋も美味しいけど、これも良いね」

「よかった……」

女は運んで来た盆を、ぎゅっと抱えこんで嬉しそうな顔をすると、

「ごゆっくり……」

板場に消えて行った。

一見して心立ての悪い女には思えなかった。

里芋を食べ終わると、おたつは板場に声を掛けた。

「ごちそうさま」

代金を女に渡してから、

「それはそうと、女のお子さんが出かけて行ったけど、娘さんかい？」

さりげなく尋ねる。

「ええ、そうです。六歳になったばかりです」

「いい子だね。ちゃんと挨拶してくれましたよ」

すると女は嬉しそうな顔をして、

「片親ですからいろいろと心配しています。ちゃんと素直に育ってくれるかどうか……」

「あれ……私はてっきり、源七さんのお子かと思ってましたよ」

「えっ」

突然源七の名を出されて、女は驚いた顔でおたつを見て、

「源七さんをご存じなんですか」

女の方から訊いてきた。

「はい、よく知っていますよ。その源七さんから、こちらの店が出す品は味がいい

から、深川に行った時には、是非寄ってやってくれないかって頼まれていたんだよ」

　おたつは、今考えた嘘っぱちの話を、べらべらとしゃべった。

「ちっとも知りませんでした。源七さんには本当に良くしていただいています。あの方がいらっしゃらなかったら、この店は潰れていました」

「良い人だからね、源七さんは……」

「はい、あの子も、父親のように懐いています。ご隠居さんが源七さんのお知り合いだと知っていれば、おまけに一品差し上げましたのに」

「いいんですよ」

　おたつは手を横に振って、

「年寄りはそんなに食べられませんから、じゃあ」

　外に出ようとしたところに、三人の大工の法被《はっぴ》を着た男たちが入って来た。

「おなかさん、今日は三人だ。あっしは鯖《さば》の味噌煮と味噌汁と大根の膾《なます》かな」

　一人の男がそう言うと、他の二人もそれぞれ大声で注文している。

　——そうか、おなかさんか……。

満面の笑みで男たちの注文を受けている、おなかという女をちらと見て、おたつは店の外に出た。

「おたつさんじゃないか」

外に出た途端、おたつは声を掛けられた。

近づいて来たのは、岩五郎《いわごろう》だった。

「丁度良かった、一度岩五郎さんのところに行かなくちゃと思っていたんですよ」

おたつは岩五郎を、深川元町に出来た与七のどんぶりうなぎ飯の店に誘った。

「つもる話もありますが、詳しくは与七さんの店でいたしましょう」

「与七さんが店を持ったんですかい」

歩きながら岩五郎は言った。

「ええ、つい最近ですけどね。私は今日で二回目なんだよ。岩五郎さんの店も、どうなんですか……泣き虫清吉《せいきち》さんの働き具合はいかがですか？」

大泥棒に間違えられて町方に追われていた清吉を、おたつが匿《かくま》うことになって大変な思いをさせられたのは三月《みつき》前のこと、それ以来清吉は岩五郎がやっている『おかめ』の店で働いている。

ちゃんと役に立っているか見届けたいと思っていたのだが、忙しさにかまけて、岩五郎の店に足を向けることが出来なかったのだ。

「いやあ、清吉が来てくれて大助かりだよ。おしなの奴は、あっしよりも役に立つなんて言って喜んでいるんだ。お陰であっしは、昔取った杵柄《きねづか》、辰之助《たつのすけ》様から十手を預かり、今はこの通り……」

腰に差している十手に手をやった。

岩五郎はかつて辰之助の父親である北町の同心深谷《ふかや》彦太郎《ひこたろう》の手下だった。ところが彦太郎が病に倒れて役宅で養生をするようになり、岩五郎は十手を返上し、女房がやっている店を手伝っていたのだ。

だが、おたつの手伝いをするうちに犯罪者とかかわることもあり、清吉が店に入ってくれたのを潮に、また昔のように十手を預かったという訳だ。

しかし辰之助はまだ見習いだ。取り立てて捕り物で忙しいことはないが、再び十手を預かったことで気持ちが引き締まると岩五郎は言う。

「ほら、あの店ですよ」

おたつは立ち止まって、前方に見える店を指した。

海辺大工町のかざぐるまの店からここまでは目と鼻の先だ。

おたつは店に入ると、

「与七さん、お客さんを連れて来ましたよ」

奥の板場に声を掛けた。

もうほとんどの席にお客が座っている。おたつは小あがりの座敷が空いているのを見付けて、そこに上がった。

丁度昼時だ。近辺で働くお店者《たなもの》や職人たちが、どんぶりうなぎ飯にかぶりついていた。

「これは親分さん」

与七はお茶を運んで来て、岩五郎に挨拶した。

「岩さんにはうなぎ飯、私は今日も持ち帰りにします」

おたつが注文すると、

「おたつさん、先ほどはかざぐるまの店から出て来ましたが、何かあの店に用事でもあったのですかい」

岩五郎はその一言を尋ねるのを、待ち構えていたように口に出した。

「あの店をやっている人は、どんな人間なのか見てみたいと思ったんですよ」

「ということは、何か懸念していることでも？」

岩五郎は真顔になっている。

「ちょっとね……」

おたつは指物師源七と女房のおさい、それに弟子の松吉まで、かざぐるまの女が悩みの種になっていることを話した。

「なるほどそういう訳ですか」

岩五郎は頷いている。

「あたしも吉次朗様探索のことがありますからね。他のことに時間を割くのは難しいと思ったんですが、いろいろ聞いているうちに、みすみす知らぬ半兵衛を決め込むことも出来かねて、それでちょっと、どんな人なのか、この目で確かめに行ったんですよ」

岩五郎は納得顔で頷くと、

「おたつさん、実はあのおなかの亭主は文七というんですが、あっしが六年前お縄を掛けて八丈島に送ったんですよ」

「えっ……」

　おたつは驚いて、

「本当ですか。でもおなかという人、そんな昔があるなんてそぶりはひとつもなかったですよ」

　愛想の良いおなかの顔を、おたつは思い出している。

「お客にも人気があるようだったしね」

「美人というほどではないが、男好きのする女だからね。ただ当時あっしが調べたところでは、亭主が罪をおかしたのも、女房にそそのかされてのことだったんです。文七は女房を庇《かば》っていましたがね」

「いったい何をやったんですか」

　おたつの顔は興味津々だ。

「偽の富くじを辻売《つじう》りして大もうけをしたんですよ……」

　岩五郎は苦い顔をしてみせると、縄を掛けた経緯を話した。

　それによると、当時回向院《えこういん》で行われた富くじ興業は一番富が五百両だった。

当たり札は百枚あって、前後富、組別富などもあるという人気の富くじで、武士商人はむろんのことだが、宵越《よいご》しの金を持たない長屋の者たちも、鍋釜を質に入れても富くじを買いたいと大騒ぎになった。

ただ、富くじの札一枚の値段は金二分《にぶ》、裏店に住む者たちが易々と手を出せるものではなかった。

ところが文七は、富札一枚を金一分で売ったのだ。といってもこの札は、よみうり屋で摺《す》った偽物だったのだ。

長屋の者たちは偽物だとは露知らず、皆家にあるものを質に入れたり借金したりして、文七が売る富くじを手に入れたようだ。

文七は江戸の盛り場を歩き回って、この偽富くじを売った訳だが、ひとときで六百枚ほどを売り上げて、百五十両もの大金を手にしていた。

ところが富くじが行われた当日、当たりを願って回向院に出向いた者たちの中に、一番くじを当てたものがいて、早速札を持参して申し出たところ、偽物の札だと判明。

本物の札と照らし合わせてみると、書体も印も違っている。

そういう者たちが多数出てきて大騒動になり、文七を知っていた者に訴えられてお縄になったのだ。

ところがその時には、文七は一文の金も手にしてはいなかった。文七に札を売らせたよみうり屋くずれの宗兵衛《そうべえ》という男が、売り上げた金の全額を懐に入れて姿をくらましてしまったのだ。

宗兵衛と文七の繋がりは、女房おなかを通じてのものだったと、八丈島に流される当日に、文七は岩五郎に告白したのだった。

その後、おなかは海辺大工町に店を構えた。

そんな金がどこにあったのかと岩五郎は不審に思っておなかを訪ねて訊いてみたが、おなかは知り合いの旦那に出してもらったのだと告白した。

その旦那が誰なのか、おなかは口を閉ざして言わなかった。

「つまりあのかざぐるまという店は、文七が八丈島に流されたあとで開いている。誰がその金を出したのか……男好きのする女だから手助けする男が次から次に現れたんだろうがね。おたつさんが今話した源七親方もその一人だろうよ。男の目には、一人で頑張っている健気な女に見えるんじゃないだろうか。だがあっしは、文七が八丈島に流される時に吐露《とろ》した、女房と宗兵衛との関係がずっとひっかかっている。あの女には闇がある。あっしはそう見てるんですがね」

おたつは岩五郎の話を頷きながら聞いている。

「ところが、文七はこの秋御《ご》赦免《しゃめん》になっていたんでさ」

「えっ、それじゃあ文七という亭主は、あの店には帰って来ていないってことかい？」

「それがですね、船が時化《しけ》で流されて予定通りには帰って来られなかったらしいんですよ。どこかの島にでも漂着したか沈没したか、遭難したのは間違いない。そう思っていたら、一月《ひとつき》前に遠江《とおとうみ》の方で身柄を確保されていたことが分かったんです」

「へえ、そんなことがあるんだね」

初めて聞く漂流の話だった。

岩五郎は頷いて話を続けた。

「まもなく江戸に送られて来るようだと聞きやしてね」

「それであの店に？」

「へい、あっしがお縄にした男でしたから、知らせてやろうと思ったんですよ」

「じゃあまだおなかさんは知らないんですね」

「へい、これから知らせてやります。きっと文七は女房のもとに帰って来る筈です。男がいるなら手を切っておかないと、どんな悶着《もんちゃく》が起きるか分かったもんじゃねえ」

おたつはため息をついた。そしてはっとなって、

「岩さん、おなかさんには女の子がいるんですよ。あの子、文七さんの子なんだろうね」

岩五郎の顔に訊く。

「さあ……」

岩五郎は首を傾げた。

七

おたつはその日のうちに、弥之助を指物師源七の店に走らせた。

汐見橋東袂にある居酒屋『おかめ』に呼び出したのだ。

おたつがおかめの店に姿を見せると、岩五郎の女房おしなが、いそいそと出て来て、

「清吉さんが来てくれて、ほんと、助かっています。亭主の何倍も働いてくれますし、料理の品数も増えたし、味も良くなったってほめてくれるお客さんが増えました」

嬉しそうに報告すると、当の清吉も出て来て、

「しっかり働いて、おっかさんを江戸に呼んで一緒に暮らしたいと思っていやす」

あの泣き虫清吉が、すっかり変わって頼もしくなっている。

おたつが笑うと、

「もう些細《ささい》なことで泣いてはいないんだね」

「おたつさん、よして下さいよ」

清吉は照れて板場に消えた。

「おしなさん、二階の部屋をお願いします。込み入った話がありますので」

まもなく源七という人がやって来るのだとおたつが告げると、おしなはすぐにおたつを二階に案内してくれた。

「岩五郎さんが帰って来たら、ここに来るように伝えてくれますか」

おたつはそう告げて源七を待った。

「おたつさんですね。この間は松吉がご馳走になったと聞きました。お礼を申します」

源七はまもなくやって来て礼を述べたが、何故自分がこんなところに呼び出されたのかと怪訝な顔をしている。

「お座り下さいな。大事な話をしなければなりませんから」

「へい、それでは失礼して……」

座ったところに、おしながお茶を運んで来た。

「おたつさん、何かお持ちしましょうか？」

おしなは気遣って尋ねた。

「いいえ、お茶だけで……」

と言ったものの、

「そうですね、お酒もいただきますか」

源七の気持ちも楽になるかとおたつは思った。

「実はお店に寄せていただいて、おさいさんにも一緒に話を聞いていただこうかと思ったんですが、やっぱり源七さんにだけ話した方がいいと思ったものですから、こんなところまで呼び出してしまいまして……」

「おたつさん、おさいは昨日からおまつという友達のところに行っていまして、今店にはいないんです」

源七は困惑顔をしてみせた。

「そう……まさか家出なんかじゃないでしょうね」

尋ねながら、おそらくそうだろうと察している。

「お恥ずかしいことですが、少し言い合いをいたしましたので、へい」

それから先は話したくないという顔だ。

「まっ、いいでしょう。源七さんにだけ話せばいいことなんですから……この店の主は北町の旦那から十手を預かっている岩五郎さんという親分さんなんですが、この人も源七さんのことを心配しておりましてね」

畏まって座っていた源七が、ぎょっとした顔でおたつを見て、

「この店は親分さんの……いったい何の話でしょうか」

俄に不安な表情になった。

「はっきり言いましょう。源七さん、おまえさんは深川のかざぐるまっていう店に通っているようですが、あの店をやっているおなかという女の人のことについて、どういう事情を抱えているのか尋ねたことがありますか」

いきなりかざぐるまのおなかの話が出て、源七は驚いて険しい顔になっておたつを見た。

「いやね、先だって私のところにおさいさんが参りましてね。亭主に女が出来た、どうしたらいいのかと相談に来たんですよ」

「ちっ……」

源七は小さく舌打ちした。

「おさいさんに腹を立ててての舌打ちですか」

おたつはズバリ言った。

「いえ、そんな訳では……おさいは大げさなんです。考えすぎて、被害妄想《ひがいもうそう》の塊ですから……」

「そうでしょうか」

おたつは、きっと見た。

「おなかという人にずいぶんと親切にしているようじゃないですか……店のお金も持ち出しているようですし」

「何をおさいが相談したのか知りませんが、あっしはこれで……」

怒りも露《あら》わな顔で、源七は立ち上がった。

「お待ち！」

おたつが一喝した。

部屋を出ようとした源七の足が止まった。

「おまえさんは、あの女の亭主が八丈島からもうすぐ帰って来るってことを知っているのかい？」

おたつはじろりと源七を見た。

「おなかの亭主が八丈島だって……いったい何の話だね。いい加減なことを言うのも大概にしてくれねえか」

源七は顔を真っ赤にしておたつを睨んだ。するとそこに岩五郎が入って来て、

「いい加減なことじゃねえぜ。おなかの亭主に縄を掛けたのは、あっしだからね」

源七は驚いて声も出ない。

するとそこにおしなが清吉に酒の膳を運ばせて部屋に入って来た。

北町の役人から十手を預かっていると知っては、源七も啖呵《たんか》を切って引き揚げる訳にもいかないと思ってか、そこに立ちつくしている。

岩五郎は三人の酒の膳をおしなと清吉が並べて部屋を出て行くと、

「源七親方、どうぞ、お座り下さいまし」

源七を座らせて、六年前の偽の富くじ事件を源七に話してやった。

源七は黙って聞いていたが、突然膳の上の盃に酒を注ぐと、ぐいっと飲み干した。

両膝に拳《こぶし》を作って考えていたが、また盃に酒を注ぎ、おたつと岩五郎が見ている前で、源七は酒をぐいぐい喉に流してから、

「何も知りませんでしたよ、あっしは……亭主は死んだと聞いていましたからね」

また酒に手を出そうとするが、傾けた徳利に酒はもうない。

おたつが自分の徳利の酒を源七の盃に注いでやる。じっとその様子を見詰めていた源七に、

「お飲み……」

おたつは促した。

すると源七は、がっと盃を摑んで一気に飲んだ。そして盃を膳上にどんと置くと、

「ううっ……」

源七は涙を堪《こら》えていたが、きっと顔を上げておたつを見ると、

「おたつさんのおっしゃる通りです。あっしはおなかさんに……あの女の色香に溺れて……自分のものにしたくて店の金に手を付け……」

一度口惜しそうに息をつくと、

「笑って下さい。このいい歳になって、いえ、この歳だからこそ、今一度女と熱い想いを交わしたい、そう思って……素直に甘えてくれるおなかに比べて、毎日きんきんと口うるさいおさいを見ているとなおさら、あっしは見果てぬ夢を追っかけていたのです」

一気に心の内を吐露した。

「分かりますよ。男はみんなそんなもんです」

岩五郎はしみじみと言ってから、

「しかし源七親方、おなかは諦めた方がいい」

「ちょっと、岩さん、その言い分はおかしいだろ。女房がいるんだから、おなかさんに限らず他の女にだって手を出すなんてことはもってのほか。だいたいね、女房は口うるさいものですよ。その原因は亭主にもあるんだから。ついでに言っておくけど、おなかさんが源七さんに良い顔をしていたのも、源七さんがネギ背負《しょ》って来る鴨だと見ていたからなんだよ」

揃ってしゅんとなった二人を見て、おたつは苦笑したが、

「とにかくね、亭主がまもなく帰って来るというんだから、もめ事になってもね。諦めてけじめをつけた方がいい。松吉まで苦しませて、それで親方と言えるのかね。おまえさんが先代から店を継いだ時、なんて思ったんだね。相当の決心をしていた筈だ」

こんこんと源七を諭《さと》した。

源七は神妙な顔で聞いていたが、

「きっぱりとけじめをつけます。もうあの店には行きません」

顔を上げて、おたつに言った。

「ああ、寒い寒い。親分、本当に今日文七は送られてくるんですかい」

巳之助《みのすけ》は懐に風呂敷包みを抱えたまま、足を踏みしめながら岩五郎に言った。

するともう一人の手下、勘助《かんすけ》も震えながら、

「もう一回甘酒飲みてえ。親分、頼みます」

手を合わす。

すぐ近くには甘酒屋の店があって、大勢の人で賑わっている。

甘酒屋の看板には『品川甘酒日本一』とある。

二人は先ほどから、その看板をちらちらと見て、そこばかりに目を取られているのだった。

そう、ここは品川の宿だ。旅立つ人を見送りに来た人たち、また江戸に入って来る人を出迎えに来た人たちで、甘酒屋だけでなく宿場の店は賑わっている。

岩五郎は昨日奉行所から文七が役人に送られて江戸に帰って来ると聞き、ここまで手下二人を連れて迎えにやって来たのであった。

「しょうがねえなあ、おまえたち、何度飲むんだ。品川の甘酒は一品だとかなんとか言って、これで三杯目だぞ」

ぶつぶつ言いながら、岩五郎は甘酒代を巳之助に渡してやる。

「買って来い」

「ありがてえ」

巳之助が手に銭を受け取って甘酒屋に走ろうとしたその時、

「待て！」

岩五郎は待ったを掛けた。

「見ろ、あれが文七だ」

顎をしゃくって指したそのむこうから、町奉行所の役人二人が付き添って、小者六人に前後左右を囲まれて歩いて来る流人二人の姿が見えた。

文七ともう一人の年寄りがその流人と分かるのは、薄物一枚の着物しか身につけていないからだ。

髭《ひげ》も月代《さかやき》も伸びていて、痩せた身体が八丈島での過酷な暮らしを物語っている。

流人が御赦免になった時には、たいがいの場合、船で江戸の鉄砲洲や永代橋西袂、または芝の金杉橋などに下船となるが、この度は漂流したために、江戸の役人が上陸した土地まで引き取りに行ったのだ。

のだった。

そして、江戸の入り口品川の宿で流人を解き放すと聞いて、岩五郎は待っていた

「ごくろうさんでございます」

到着した一行に岩五郎は近づいて言った。

「岩五郎だな。おまえがお縄にした文七だ。御赦免になったのは六人だったんだが、船が嵐に遭ってな、流人で生き残ったのはこの二人だけだ。八丈島の暮らしも過酷なものだったに違いないが、帰りの船でも散々危険な目に遭ったって訳だ。こんな思いを二度とせぬよう、再び八丈島などに行かぬよう言い聞かせてやれ」

役人は俯いている文七の背を、ぽんと叩いて、岩五郎の方に突き出した。そして、

「ここで晴れて御赦免だな。二人とも達者で暮らせ」

役人は流人二人にそう告げると、小者たちを引き連れて、奉行所に帰って行った。

「文七、よく帰って来たな」

岩五郎は頬のこけた文七の肩を摑んで揺すった。

文七が御赦免で帰って来るなどとは想像もしていなかった岩五郎だ。

生きて帰って来てくれたことに、岡っ引として素直に嬉しい。

「その節は……」

文七は頭を下げた。

だが、その身体に纏《まと》っているものは、以前の大人しい文七が纏っていたものではなかった。

六年近くを厳しい島で生き延びてきたのだ。無理もないと、岩五郎はいたましく思った。

「こちらは……」

寒さに震えている老人を見て尋ねると、老人は、

「へい、あっしは万造《まんぞう》と申しやす。喧嘩をして相手を殺《あや》めてしまって、八丈島暮らしは十年。御赦免にはなりやしたが、たった一人の妹が元気でいるのかどうか……」

不安な顔を覗かせる。

「妹はどこに住んでいるのだ」

「深川でさ。甚八長屋で針仕事の内職をして暮らしている筈です。それじゃあこれで……」

よたよたと帰ろうとする万造に、

「待て待て、その着物では寒かろう。こんなこともあろうかと思ってな、おい、巳之……」

巳之助に合図を送ると、巳之助は風呂敷を膝の上で解いた。

綿の入った袢纏《はんてん》一枚と、袷《あわせ》の着物が入っている。いずれも岩五郎の古着だが、

「おまえさん、これを持って行った方がいいのではありませんか。どうせ綿入れの着物なんか着せてはくれてないでしょう」

女房のおしなが気を利かして持たしてくれたものだ。

「古着だが寒さを防げる」

岩五郎はそう言って、文七には着物を着せ、万造には袢纏を掛けてやった。

「ありがてえ……」

万造は涙を流して礼を述べた。

「すまねえ」

文七も薄物の上に袷の着物を着て、嬉しそうな笑みを漏らした。

「いずれにしてももう昼だ。文七も腹が空いただろう。皆で昼飯を済ませてから帰

ればいい。勘助、むこうに一膳飯屋があると言ったな」

岩五郎は御赦免になって帰って来た二人と、勘助、巳之助との五人で飯屋に向かった。

万造は、年寄りとは思えぬ勢いでどんぶり飯を掻き込んだが、文七は半分ほど食べたところで箸を置いた。

「もっと食べなきゃ駄目だぞ」

岩五郎がそう言うと文七は寂しそうに笑って、

「旦那、おなかの居場所をご存じですか……知っていたら教えてくれませんか？」

ぎらぎらした目で岩五郎の顔を見た。

「おなかさんは深川の海辺大工町で居酒屋をやっている。かざぐるまという名の店だ」

「居酒屋を……あいつがですか？」

文七は、乾いた頬を見せて呟いた。

「女手ひとつで女の子を育てながら頑張っているようだぞ」

「女の子がいるんですか？」

驚いた目で岩五郎を見た。

「そうか、おまえは知らなかったのか……おまえが八丈島に流されてから生まれたんだな。しっかりした子だぞ。おまえの顔を見れば子供もさぞ喜ぶだろうよ」

文七は頷いたが、思案の顔で口を閉じた。

「何を考え込んでいるんだ。おまえさんの子じゃないか。親子三人、今度こそ幸せになるんだ」

岩五郎はそう言ったが、俄に不安が胸を覆った。

八

「おさいさん？……どこのどなた様でしょうか？」

文七の女房、居酒屋かざぐるまのおなかは、突然乱暴に戸を開けて入って来た、二人の中年女に聞き返した。

「どこのどなた様か分からない……だったらこう言えば分かるかしらね。神田の指物師源七の女房ですよ」

おなかは、はっとした顔をしたが、すぐに平然として、

「あら、お世話になっております。源七親方には、いろいろと指物を作っていただきました。重宝しております」

にこにこして返してきた。

「ちょっと、指物の話じゃないことくらい分かっているくせに、よくもしらじらしい。この人の亭主をたぶらかせて金を巻き上げてたんでしょ」

おさいと一緒に入って来たおまつという女が、皮肉たっぷりの口調で言った。

「おやまあ、加勢を連れてのおでましって訳ね」

おなかは腕を組んでへらへら笑った。

「なんとふてぶてしい……この人は私の友達、私のことを心配してそれで一緒に来てくれたんですよ」

おさいが言い返すと、

「子供じゃあるまいし、いい歳をして友達に加勢してもらって乗り込んで来るなんて……そんなに亭主が大事なら、首に縄をつけときゃいいじゃないか。言っとくけどね、源七親方はただのお客！」

おなかが声を荒げると、

「そんな筈はないでしょ。源七さんはあんたにもうぞっこんで、おさいさんを泣かせてきたんだから……ごめんなさいのひとことでも返ってくるのかと思ったら、その態度はなんですの」

おまつも切れた。

「言っときますけどね、あの人とはおなさけでお相手してるんです。そしたら何を勘違いしたのか、ずっとまとわりついて、こっちが迷惑してるんですよ」

「もう、そんな筈はないでしょ」

おさいは摑みかかった。

「何するのよ！」

おなかが押し返す。

おさいの頭の中は、おたつに言われたことが、ぐるぐる廻っている。

おたつはあの時こう言ったのだ。

「本当に亭主を取り戻したかったら、亭主にも、その女にも、全力で立ち向かうしかないね……それが出来ないのなら、じっと我慢するしかないんだから」

その言葉を友人のおまつにも伝え、思い切ってこの店に乗り込んで来たのである。荒い息をしておさいはおなかと睨み合っていたが、

「今言ったことを亭主に伝えますよ。迷惑してたんだって……証人はこの友達です」

「どうぞ、私は男に不自由はしておりませんから」

おなかは鼻で笑ってみせた。

「分かりました。今日限り、金輪際《こんりんざい》別れてくれますね」

おさいは念を押した。

「どうぞ、こっちから願い下げだわ。用が済んだら出て行ってくれませんか。商売の邪魔ですから」

「まったく……どうしてこんな女に……なさけない」

おさいは言って、おまつと店を出た。

「おととい来やがれ！」

すぐさまおなかが塩壺を持って出て来て、帰って行くおさいたちに向かって塩を撒いた。

だが、その険しい顔が、次の瞬間強《こわ》ばった。

「文七さん……」

驚いて塩壺を落とした。

塩壺は音を立てて割れて飛び散った。

「おなか……」

鋭い目をした文七が、一歩二歩とおなかに歩み寄る。

「何時帰って来たんですか」

文七の顔色を見ながら、おなかは尋ねる。

「今日帰って来たんだ、御赦免になったんだ」

「あっ、そうだったんですね」

文七は店の軒から店の中まで見渡してから、

「しかしよく店を開く金があったな」

怪訝な顔で言った。するとおなかは大慌てで、

「借金したんですよ。ようやく返済も終わってね。入って、お腹空いているでしょ」

文七の腕を引っ張って店の中に入れるが、文七は険しい顔で、

「おめえ、まさか男がいるんじゃねえだろうな」

冷たく暗い目を向けた。ぞっとするような目だ。

「まさかそんなことある訳ないじゃないか」

打ち消したが、文七の顔は険しいままだ。

「そうか、さっきの訳の分からない女二人の話を聞いていたのね。あの二人、勘違いしてやって来たのよ。私があんたを裏切る訳ないじゃない。ささ、座って座って、今日はお店を休みにしますから」

あたふたと言い分けしているところに、

「ただいま」

女の子が帰って来た。だが見知らぬ男がいるのを見て、顔を強ばらせておなかの後ろに回った。

怖いものでも見るような目で覗いているのに、

「なんだろうね、この子は……おまえのおとっつぁんじゃないか」

おなかは、女の子の背中を叩いて、文七には、

「おみちっていうんですよ。今年六歳になったところ……」

「おみち……」

文七は口に出して名を復唱すると、おみちに近づき笑顔を作って、

「おみち、良い子に育っているな。どこに行っていたんだい」

おそるおそる尋ねてみるが、おみちは怖がって返事もしない。

「馬鹿だねえ、おとっつぁんを怖がってどうするんだ。おっかさんは言っていたろ。おまえのおとっつぁんは上方に行っていて留守をしているんだって」

するとと文七も、

「そうだよ、おっかさんの言う通りなんだ。おみち、一緒に風呂にでも行くか」

おみちの手をとろうとしたが、おみちはそれを避け、

「嫌!」

冷たく言って板場に走って姿を消した。

「ごめんなさいね。でもいきなりは無理よ。少しずつ馴れればいいんだから。ねえ、お酒飲むでしょ」

笑みを見せたおなかを、文七は強い力で引き寄せると強く抱きしめた。

「会いたかったぜ、おなか……辛い八丈島の暮らしだったが、おまえのことばかり考えていたんだ」

「止《や》めて止めて、おみちが見ている。それより今夜は飲みましょうよ。お祝いしなきゃね」

おなかは、身体を放して言った。

「おっとっと、あぶねえ」

弥之助は、うっかり残雪に足をとられそうになり、ぐっと足の先に力を入れて立ち止まった。

身一つなら身体の均衡を保つのは容易だが、空になった野菜籠の取っ手に天秤棒《てんびんぼう》を通して肩に担いでいる。

「冗談じゃねえや」

独りごちて往来の人の視線に苦笑いを送った。

咄嗟に転ぶことはなかったが、じんわりと草履の底から雪解けの冷たい水が染み込んでくる。

——ちっ、早く帰って風呂にでも行くか……。

それとも炬燵《こたつ》に火を入れて潜り込み、一杯やった方が身体が早く温まるか。

などとぶつぶつ言いながら、弥之助は馬喰町《ばくろちょう》の初音の馬場に差し掛かった。

初雪が降ったのは昨夜のこと。人の行き来の多い往来は、ほとんど雪は解けている。

また商家などは朝早くから丁稚《でっち》小僧が軒下の隅に雪を掻き寄せていて足元は悪くない。

この江戸の大通りなどは、家康公が江戸の町を造った時に、雨が降ったり雪が降ったりしても、水たまりが出来て歩行が難しくならないように地盤を固めているそうだ。

確かにそれは頷ける。路地裏は水はけの悪いところがあるが、大通りは少々の雪や雨が降っても、地面が水浸しになることは滅多になかった。

——おやっ……。

弥之助は馬喰町の初音の馬場で足を止めた。

ここは旗本の侍が乗馬の稽古をする場所だが、こんな天気では流石《さすが》に馬に乗る侍の姿は見えない。

ただ、馬場の中に聳《そび》えている火の見櫓《やぐら》の下に、奉行所の同心や岡っ引、それに小者数名の姿があった。

遠巻きに近隣の町の者たちが集まっている。

何かあったのだと弥之助は桶を担いだまま、馬場に入って近づいて見た。

「親父さんじゃないか……」

岩五郎の姿が目に留まったのだ。

巳之助と勘助の姿も見えるが、二人は辺りの草むらの中を丹念に調べているようだった。

近づくにつれ、火の見櫓の下に男の身体が枯れ草の上に転がっているのが見えた。

岩五郎と町奉行所の同心二人は、その転がっている男の身体を熱心に調べている。

——殺しかな……。

弥之助は人垣を割って岩五郎がいる場所に歩み寄った。

「親父さん……」

小さく声を掛けると、

岩五郎はこちらを向いて頷いたが、すぐに視線を男に落とした。

固唾《かたず》を呑《の》んで見ていると、まもなく岩五郎が立ち上がり、

「巳之助、勘助、この男を良仙先生のところに運んで行くぞ。先生の家は豊島町の地蔵長屋だ。すぐそこだ。おまえたち二人はもう少し、この原で証拠の品がないか入念に調べてくれ」

二人に命じた。

すぐに小者が戸板を手に男の側にしゃがみこむと、男を戸板に乗せ、岩五郎に先導されて良仙の長屋に向かった。

男を退《ど》けたあとには血がべっとりと付いている。

「巳之助、勘助、しっかり頼むぞ。俺は実見した者がいないかどうか、こちらの金沢《かなざわ》さんと近辺の住民を当たってみる」

巳之助と勘助にそう言ったのは、岩五郎が十手を預かっている深谷彦太郎の嫡男、辰之助だ。

岩五郎は長い間、定町廻《じょうまちまわ》りの深谷彦太郎から十手を預かっていた。

だが深谷が病の床に臥せるようになり、倅《せがれ》の辰之助が跡を継ぎ、今は定町廻りの

見習いになっている。

町奉行所の同心は、本来家督を倅に譲ることは出来ない一代限りのお役目なのだ。今でもその決まりは同じだが、それは紙の上の決まり事で、ずっと倅が親の跡を継いで町奉行所の役人になっている。

世に不浄役人といわれる町奉行所の同心は、そうそう誰でも今日お役について用を足すことが出来るものではない。

町の治安を預かるには、これまで積み重ねてきた経験やそれなりの力量が必要となってくる。

よって同心は親から子へ、そして孫へと受け継がれていくのである。

岩五郎は今、辰之助から十手を預かっているのである。そして巳之助と勘助は岩五郎の手下である。

「承知いたしやした」

巳之助と勘助が返事をすると、辰之助は初音の馬場から出て行った。

野次馬も一人二人と去って行く。

「おい、弥之助、お前も手伝ってくれ」

巳之助が言った。

「いいよ、何か証拠が落っこちてないか調べるんだな」

弥之助は野菜籠を下に置いて、巳之助たちと枯れ草の中の探索を始めた。

手で少しずつ掻き分けながら、

「ところで、あの、さっき良仙先生のところに運ばれた男は誰なんだ……ずいぶん痩せた男だったな」

巳之助に訊く。すると、

「おまえは聞いていないか。すぐそこの神田の指物師の旦那が惚れた女の亭主だよ」

「えっ、八丈島帰りの……」

弥之助は驚いて聞き返す。

「ああ、三日前に江戸に帰って来たばかりよ。あっしたち二人も親父さんと迎えに行ったんだぜ。それがどうだ……ここに人が倒れていると聞いて走って来てみたら奴だったんだ、びっくりしたぜ。奴が着ていた着物はよ、親父さんのお古だったんだ。だからすぐに文七と分かったんだ」

「まだ帰ってきて三日だろ、いったい誰が殺したんだよ」

興奮して言う弥之助に、

「まだ死んじゃあいないらしいぜ」

勘助が言った。

「ほんとかよ」

弥之助は根掘り葉掘り訊く。

「だから医者に運んだんだ。でも危ねえな、あの様子じゃ……」

今度は巳之助が言う。

「まったく誰がやったのか……その為の証拠探しだ。手を抜くな」

勘助の言葉に動かされて、弥之助たち三人は念入りに草むらを分けては捜す。

「なんだこれは……」

草むらの中の残雪に隠れるように何かがあった。雪を払って拾い上げたのは弥之助だった。

「これは煙草入れじゃねえか」

弥之助は摑んだ物を見て言った。

西陣織の帯地で作った煙草入れで、蓋になる部分を留めているのは象牙を半月の形に細工したものだ。

上物で個別に注文した品だと思った。

「見せてくれ」

巳之助が取り上げて中身を確かめる。

「名前が刺繍《ししゅう》してあらあ。げんしち？」

読み上げてから巳之助は、あっとなる。

いや、巳之助だけでなく、勘助も弥之助もぎょっとして顔を見合わせた。

おたつは夕食前に、回収した銭の勘定して帳面に記帳するのが日課になっている。

たいした利益になっている訳ではないが、これが本業だと看板を出している手前、ないがしろには出来ない。

油紙の上に今日回収した銭を広げて、一枚ずつ数えていくのだ。

この日もあらかた数え終わって、ほっとしたところに、

「た、大変だ！」

弥之助が駆け込んで来た。

「大きな声で耳が痛いよ」

おたつは顔を顰《しか》めて、荒い息をしている弥之助を、ちらと横目で見て言った。

「そんなことを言ってる場合じゃねえ。おたつさん、八丈島から帰って来たばかりの文七ってぇ野郎が襲われて瀕死《ひんし》の状態なんだぜ」

「えっ、いつのこと……」

おたつは油紙を脇の方に押しやると、弥之助の方に身体を向けた。

「さっき見てきたんだ、この目でよ。まだ脈はあったようで、岩五郎の親父さんが良仙先生のところに戸板で運んで行ったんだけどね」

「誰にやられたんだね……岩さんの話じゃあ、三日前に帰って来たって言っていたけど」

「それがさあ」

弥之助は上がり框に腰を掛けると、

「文七が倒れていた側の草むらに煙草入れが落ちていたんだけど、それには、源七と名入れがしてあったんだ」

「なんだって……源七だって……何かの間違いじゃないのかね」

「あっしが拾い上げたんだから間違いねえよ」

おたつは絶句した。

だがすぐに、いやまて、岩さんの店であの女にはもう関わりを持たないと約束していたじゃないか、と思い起こす。

「このままじゃあ源七親方は縄を掛けられるんじゃねえかと巳之助も言っていたぜ」

弥之助は息を整えると、立ち上がって水瓶《みずがめ》の水を飲む。

その後ろ姿を見ながら、

「まさかその煙草入れだけで源七さんがお縄になるとは思わないけどね」

おたつは即座に否定した。

「だったらいいんだけどね」

案じ顔で弥之助が言ったその時、

「おたつさん、お助け下さい」

源七の女房おさいが駆け込んで来た。

「おさいさん、落ち着いて……今この弥之助さんから聞いたところなんですよ。何者かに刺されて大怪我を負った八丈島帰りの文七という人の側に、おたくのご亭主の煙草入れが落ちていたと……」

おたつが最後まで話そうとするのをおさいは遮り、

「連れて行かれたんですよ、亭主が、お役人に……」

おさいは半泣きの顔で言った。

「まさか岩五郎親分にですかい？」

弥之助が質すとおさいは首を激しく横に振って、

「金沢様というお役人と万次郎という岡っ引が連れて行きました」

「金沢……ああそういえば現場に辰之助様と一緒にいたあのお役人だ。文七が襲われているところを実見した人がいるかもしれねえってんで、近隣を探索するんだって言っていたんですがね。文七が襲われていたのを見た人が現れたんですかね」

弥之助は首を傾げた。

「冗談じゃありませんよ。うちの人は女にはだらしがないけど、人を傷つけるような人じゃあありません」

おさいはきっぱりと否定し、興奮した顔で、

「私、三日前に友達と一緒に、かざぐるまの店に談判に行ったんです。亭主と別れてくれって」

「おさいさん……」

まさかという顔で、おたつはおさいの顔を見る。

「だって、どうしても店を守りたかったんです。あんな女に家の中をめちゃくちゃにされたくなかったんです。だからおたつさんに言われた通りに、あの女と対決して亭主を取り戻そうと思ったんですよ」

おたつは頷くほかない。

万が一源七が文七を襲った張本人だとしたら、おたつが言ったことがおさいを動かし、それが事件を起こす引き金になったのかもしれないのだ。

まさかおさいがそこまで決心して乗り込んで行くとは考えもしなかったおたつである。

今この場でおさいの話を聞いて諫《いさ》めることなど出来る筈もない。

おたつの胸には俄に責任の二文字が広がっていく。

その様子を見たおさいは、おたつの反応が鈍いと感じたのか、更に声を荒げて、

「おたつさん、あの女は亭主のことをさんざん馬鹿にしたんですよ。亭主が来るのは迷惑だったんだって言ったんです。そういうことなら別れてくれるんだねと詰め寄ったら、別れてやるって約束してくれたんです。それで私は、家に帰るとすぐに、亭主に言ってやりました。あの女がどんな女か目を覚ませってね……あの女には凶悪な男がついているよって」

おさいはついに涙を流す。

「待って、凶悪な男って誰のこと？」

おたつは即座に訊いた。

「誰だかそれは知りません。でも、かざぐるまの店を私たちが出た時に、店の前に痩せた男が立っていたんです。怖い顔をして……私たちの話を盗み聞きしていたらしいんですよ」

「文七だ」

弥之助が口走る。

「文七？」

おさいが弥之助に顔を向けた。

「おなかの亭主さ。八丈島から帰って来た男だ」

「えっ、八丈島から……その男が亭主」

おさいは絶句する。

「おかみさん、その文七という男が、匕首《あいくち》か何かの刃物で刺されて倒れていたんですよ。そして、倒れていた文七の近くに源七親方の煙草入れが落ちていたんだ……」

弥之助の説明に、

「えっ、まさか……」

おさいはすっかり消沈して、

「そうですか、そういうことなら合点がいきました。亭主に縄を掛けた親分さん方は、台所の包丁や仕事場の鑿《のみ》など、ひとつひとつ調べていたんです。傷口は鋭利な刃物で突かれていたんだと言って、包丁や道具に血糊がついているんじゃないかって……そしたら弟子たちが、道具は全て揃っている、親方は人を傷つけたりしねえって必死に言ってくれましてね。でも結局、煙草入れという証拠があるんだと、そう言ってむりやり亭主を連れて行ってしまったんです」

おろおろしながら訴える。

「おさいさん、ひとつ訊きたいんだけど、夕べ源七さんは、家にずっといましたか？」

火箸を握って話を聞いていたおたつが尋ねた。すると、

「それが、ちょっと出て来ると言って……」

不安な顔でおさいは言う。

「出かけて行ったんだね」

念を押すおたつに、

「でも、一刻ほどで帰って来たんです。その時少しも変わった様子はありませんでした」

「分かりました」

おたつは握っていた火箸を、灰の中にぐさりと突き立てると、

「おさいさんはあたふたしないで……源七親方がやっていないのなら帰って来ますよ」

すっくと立ち上がり、襟巻きを取り上げた。

「岩さんに会ってきます」

「あっしも一緒に」

弥之助も腰を上げた。


おたつは弥之助と、夕暮れ時の道を汐見橋東袂にある岩五郎の女房おしながやっている居酒屋『おかめ』に急いだ。

岩五郎に会えば、源七がどこの番屋に連れて行かれたのか、また文七という男の容態も分かろうというものだ。

とはいえ頃は師走、凍てつくような寒さが急ぐ足元から忍び込んでくる。

「おたつさん、親父さんだ」

汐見橋東袂が視線の先に見えてきた時、弥之助が言った。

居酒屋『おかめ』から、岩五郎と手下の巳之助と勘助が出て来るのが目に留まったのだ。

岩五郎たちもおたつに気付いて、店の前で待ち受けて、

「おたつさん、あっしも源七親方の話を聞いてから、伺おうと思っていたところですよ」

難しい顔で言った。

「岩さんのその顔じゃあ、お縄を掛けられたってことは、それだけの証拠があったってことですか」

おたつは不安な顔で訊いた。

「いや、確たる証拠があるかどうかの調べはこれからです。あっしは良仙先生のところで文七につきっきりだったものですから、源七親方に縄を掛けたのを知らなかったんです」

「縄を掛けたのは金沢という旦那と万次郎っていう親分だと、おさいさんは言っていましたよ」

「そうなんですが、金沢の旦那も手下の万次郎もまだ若い。二人とも二十代半ばの男です。定町廻りと言っても、うちの旦那の辰之助様と同じように経験も少ない。そこであっしにも助けて欲しいと金沢の旦那が言ってきましてね。どうやら、勇み足で縄にしたのかもしれねえって心配になっているらしいんです。万が一、仮にも指物師としてこの江戸で十本の指に入る人物に縄を掛け、間違いでしたとなっちゃあ定町廻りの資質を問われる。今度の事件は、金沢の旦那とうちの辰之助様とが担当ですから念には念を入れてと……まあそういう訳ですから、これから源七親方を留めている番屋に出向いて、あっしなりの調べをしてみようかと思っていたところです。おたつさんは店で食事でもして待っていて下さい。帰って来ましたらお知らせします」

岩五郎はそう言って歩き出す。

「私も行きます。放ってはおけません」

おたつは並んで歩きながら、

「それで、文七という人の容体はどんなものでしたか？」

横目で岩五郎の顔を見る。

「うん、まだ分からんのです。今日が山場だと先生は言ってましたがね」

「それじゃあなんにも聞き出すことは出来なかったということですね」

「へい……」

岩五郎は頷いた。

薄暗くなった道を岩五郎と手下の二人、そしておたつと弥之助の五人は足を急がせて、源七が留め置かれている豊島町の番屋に向かった。

「これは親父さん」

豊島町の番屋に入ると、岡っ引の万次郎が手下一人と源七の見張り役として詰めていたが、岩五郎の顔を見ると頭を下げた。

「どうだい様子は？」

岩五郎が番屋の奥に顎をしゃくると、

「やってないの一点張りで、今は疲れたのか、しょげて座っていやす。親父さんが来てくれて助かりやす」

万次郎は困っていたようでほっとした顔で言った。

岩五郎が大先輩で、かつて場数を踏んできたことは、若い万次郎も知っている。

「源七親方に話を聞かせてもらうよ」

岩五郎は断りを入れ、おたつを伴って番屋の座敷に上がり、更にその奥にある板の間に入った。

「親分さん」

源七は驚いた顔で、岩五郎やおたつの顔を見た。

すっかり疲れた様子で顔色は悪い。頬に落ちた乱れた髪の毛が哀れを誘う。

「とんだことになってしまいましたね、源七さん。おさいさんがおまえさんを案じて、私のところにやって来ましたよ……泣いてました、気の毒に」

おたつは向かい合って座るなりそう言った。

「めんぼくねえ。おさいには申し訳なかったと思っておりやす。こんなことになったのも、自業自得……おさいに追い出されても仕方がねえが、ただ、あっしは人に刃を向けたことはねえ。これだけは本当だ」

信じてほしいと必死の顔だ。

「親方、そこで訊きたいのだが、あの煙草入れは親方のものですな」

岩五郎が尋ねる。

「確かにあっしのものです。袋物屋に頼んで作ってもらったものです。ですが、半月ほど前に失くしまして……」

「失くしたって、どこで?」

「煙草入れは常に腰に付けておりやした。それが、半月前にかざぐるまに行った帰りに失くしたことに気付きまして、かざぐるまに引き返して、おなかさんに忘れてないか尋ねたことがあるんです。でもその時、おなかさんは、忘れ物はない、ここにはないと言われまして……それ以来、どこに落としたものなのか分からずじまいで」

「なるほど……ところで親方は、文七という男のことを知っていましたか？」

「いえ、知りません。おさいからは凶悪な男がいるなどと聞きましたが、まさかと思っておりましたよ」

「かざぐるまのおなかには、八丈島に流された亭主がいるとは聞いてなかったんですな？」

岩五郎は次々と肝心《かんじん》なことを質していく。

「はい、亭主は死んだと言っていましたからね」

「ほう、死んだとね。それで、昨日の夜のことだが、親方は一刻ほど出かけたそうですな。これはおさいさんがおたつさんに話してくれたようなんだが」

だんだん岩五郎の視線が険しくなる。

「呼び出しがあったのですよ」

「呼び出し……」

「こ、これを見て下さい」

源七は慌てて財布を取り出すと、財布の中から一枚の紙片をつまみ出して見せた。

紙片は一辺が破れていて、紙を引き裂いた物に書いたのだと分かる。

「これは……」

岩五郎は一読して絶句した。

おたつも紙片の文字を覗き見る。

――おなかのことで話がある。五ツに両国橋東袂で待つ――

紙片にはそう走り書きしてあった。

「この文字、ずいぶん癖がありますね」

おたつは言った。

文字のひとつひとつの最後を、ぴんと刎《は》ねてある。意識してのことではなく、生来の癖のようだ。

「おかしなことがあるもんだな」

岩五郎はそう呟くと、懐から一枚の紙片を取り出した。

「岩さん、それは……」

　驚いて尋ねたおたつに、

「これは文七の袂に入っていたものだ。良仙先生の治療を受けるために着物を脱がしたんだが、その時に袂から出てきたものだ」

　そう言って開いた紙片には、

　――おなかのことで話しておきたいことがある。夜の五ツ、初音の馬場、櫓下で待つ――

　そうあった。

「岩さん、この文字、そしてこの紙……」

　おたつは驚く。

　源七を呼び出した紙片の文字と文七を呼び出した紙片の文字は同一人物が書いたものだと、すぐに分かった。

　しかも使用している紙は、やはり一辺が破れた物で、岩五郎が二つの紙片の破れた部分を近づけると、ぴたりと合った。

　険しい顔で岩五郎は皆を見回すと、

「まずこの者は、二人を別々の場所に呼び出したんだな。源七親方には両国で人を待つように言って、その同じ時間に文七を初音の馬場に呼び出して刺したんだ」

「親父さん、それって、罪を源七親方になすりつけるつもりだったんですね」

巳之助が言った。岩五郎は頷いた。

「ちくしょう、いったい誰なんだ」

弥之助は膝を叩いた。

「八丈島帰りの用心深い文七が、こんな切れ端に走り書きした文で出かけて行ったとなると、文七がよく知っている者だということになる」

岩五郎は険しい顔で言った。

「岩さん、心当たりがあるんだね」

おたつが質すと、

「偽の富くじを文七に売らせていた男の指示書の文字と、よく似ている。文七をお縄にした時に、その指示書は目にしたんだが、今は御奉行所に証拠の品として残っている筈だ」

岩五郎は言った。

「じゃあ、親分さん、あっしはこれで家に帰してもらえるんですね」

源七はほっとした顔だ。だが、

「いや、まだだ。煙草入れのことがある。真の犯人に縄を掛けるまで今しばらく辛抱してもらうしかねえ」

岩五郎の言葉に、源七はしゅんとなった。

「源七さん、呼び出されて両国に行って東袂で待っていた時に、誰か知っている人に会ったとか、何か見たとか、思い出せないのかい」

おたつは、頭を抱えている源七の顔を覗いた。

「知っている人には会ってねえですよ……見たものですか、そんなものはありませんよ」

頭を振って否定していたが、はっとして顔を上げると、

「そういやあ、ものもらいが一人」

「ものもらい……」

おたつは、がっくりするが、

「橋の袂で寒さで震えていたので、めぐんでやったんです。これであたたかい物で

も食べろって」

それを聞いて、おたつはもしやと、

「どんな人か覚えていますか」

源七の顔に問い詰める。

「十歳ほどの男の子を連れた三十前後の女です」

「岩さん……」

おたつは岩五郎の顔をきっと見た。

九

翌日岩五郎は、深谷辰之助と一緒に深川に向かった。

文七と一緒に八丈島から帰って来た万造に会って話を聞くためだが、辰之助を連れて来たのは、一刻も早く一人前の同心になってほしいと思うからだ。

岩五郎は辰之助の父親、深谷彦太郎の手下として、長い間十手を懐に多くの事件を解決してきた。

今また十手を手にしているのは、彦太郎から辰之助のことを託されたからだ。

とはいえこのところは、おたつに頼まれて吉次朗の行方を探している岩五郎だ。吉次朗を無事見つけ出したそのあかつきには、全面的に辰之助の手下となって働くつもりだ。

「親父さん、この辺りじゃないか……」

辰之助は深川の材木商に入ると、立ち止まって辺りを見渡した。

下駄屋の横に裏店の路地に入る木戸が見える。

「行ってみましょう」

その木戸に近づいてみると『甚八長屋』と書いた板切れがぶら下がって冷たい風に揺れ、木戸の桟に触れるたびに、からんからんと鳴っている。

「ここです、間違いありやせん」

岩五郎は辰之助を導きながら木戸の中に入り、井戸端で洗い物をしている中年の女房に尋ねてみた。

「この長屋に万造という人がいると思うが、どの家か教えてくれねえか」

「これはお役人様……」

女房の顔色は瞬く間に強ばった。

同心姿の辰之助を見て、何か良くないことが、この長屋にあるのかという顔だ。

「いや勘違いをしてもらっては困るんだが、万造さんは元気に暮らしているのか心配になって来てみたんだ」

岩五郎は万造をさんづけで呼んだ。女房に余計な詮索をさせたり不安を与えては、万造が暮らしにくくなると思ったのだ。

案の定、女房はほっとした顔で、

「ほら、そこの二軒目だよ。少し身体が良くないと聞いていますよ」

同情顔になって教えてくれた。

「ありがとう」

礼を述べて、岩五郎は女房が教えてくれた長屋の前に立った。

「万造さん、いるかね。岩五郎だ」

おとないを入れると、慌てて土間に降りる足音がして戸が開いた。

「親分さんですね。兄さんがお世話になりまして……私は妹のおのぶといいます」

五十がらみの女が頭を下げた。

おのぶは痩せて青白い顔をしている。苦労が身体に染みついていて、しかしそれでも懸命に生きている……そんな様子が土間の中に案内されて入った途端見て取れた。

家具らしい家具は何もなく、竈《かまど》の廻りも鍋ひとつと小さな羽釜があるだけだ。

また流しの廻りを見ても、魚が置いてある訳でもなく、新鮮な野菜も見えなかった。

しなびた大根の葉が、桶《おけ》の水につけてあったが、

「兄さんです。風邪をこじらせていて……」

おのぶが心配そうな顔で万造が寝ている方を振り返った時、岩五郎は万造はこんな妹がいて、幸せ者だなと思った。

「薬は飲んでいるのかい？」

岩五郎が訊くと、

「私の稼ぎでは、兄妹二人が食べるのがせいいっぱいですが、二日前に文七さんが訪ねて来てくれました。その時に薬代だと言って持っていたお金を全部置いていって下さいまして、昨日から売薬を飲ませています」

嬉しそうにおのぶは言った。

「そうかい、文七がここに……あっしも万造さんをお見舞いさせてもらいますぜ」

岩五郎は辰之助と部屋に上がって、万造の枕元に座った。

「これは親分さん、この間はごちになりやして……」

万造は礼を述べると身体を起こそうとする。

「いいんだよ、寝ていろ」

岩五郎は制したが、おのぶが手伝って身体を起こした。

「文七のお陰でずいぶんと良くなりやした」

万造は言って笑った。

「その文七だがな、誰かに呼び出されて刺されたんだ」

「刺された……」

万造は、ぎょっとした顔で、

「それで命は?」

険しい顔で言った。

「なんとか助かった。しかしまだ話を聞ける状態ではねえ。そこでおまえさんに訊きてえんだが、文七の命を狙うような奴の話を知らねえか」

岩五郎は、万造の顔をじっと見た。

「宗兵衛という名前は聞いたことがあるな」

万造はそう言って、岩五郎を見返した。その目は暗く鋭い。

「宗兵衛……ひょっとして文七に偽の富くじを売らせていた者じゃねえだろうな」

岩五郎は念を押す。

「そ、そいつだよ！」

万造は思わず声を荒げた。そしてこう言った。

「実は一年めえに八丈島に流されて来た与太郎《よたろう》っていう詐欺師《さぎし》がいるんだ。奴はありもしねえ作り話を摺り、売っていた闇のよみうり屋なんだが、博打がもとで人ひとりを殺したんだな……」

ところがその与太郎は、文七を知っていた。

なぜなら与太郎は宗兵衛に頼まれて偽の富くじを摺ったというのだ。宗兵衛はそれを文七に売らせたのだ。

しかも宗兵衛は偽の富くじを売らせた金を全部懐に入れて、すぐさま上方に向かった。

結局摑まったのは文七だけだったって訳だが、文七が偽の富くじを売ったのは、女房のおなかの勧めだったのだという。

おなかは水茶屋で働いていた女だが、文七と所帯を持ったが貧乏に耐えられなかった。

そこで、昔深い関係のあった宗兵衛に相談したというのだ。

文七と別れたいんだが別れてくれそうにない。なんとかならないだろうかと相談を持ちかけたようだ。

そしたら宗兵衛が、一生お前の前に現れないようにすればいいんだと言い、偽の富くじを売らせることを思いつき、与太郎に札を摺るよう頼んだというのであった。

「なんて野郎だ……」

岩五郎は怒りの目で、辰之助と見合わせた。

万造もそこまで話すと、

「与太郎は、まさか文七が御赦免になるなんてことは想像も出来なかったにちげえねえ。だからどうせ死ぬまで八丈島で一緒に暮らすのなら、本当のことを話してやってもよかろうと、そう思ったと言っていた。八丈島に流されれば皆兄弟のようなものだ。裏切りもあるが、ひとつのさつまいもを分けあって食らうことも日常茶飯事。罠に嵌《は》まって八丈島に流された文七が気の毒に思えたんじゃねえかな」

しみじみと言い、

「一番の悪党は宗兵衛だ」

最後に、険しい顔で吐き捨てた。

「ありがとよ万造さん、ついでに訊きたいが、その宗兵衛は今どこにいるのか聞いているかい？」

岩五郎は万造の顔を見る。

「文七が島送りになると江戸に戻っていたらしいが、住処は聞いてねえ。おなかという女なら知っているかもしれねえな。宗兵衛とおなかの間には、娘が生まれていたというからな」

「何、娘がいるだと……」

万造の言葉に岩五郎は驚いた。

「おたつさん、危ない真似は止《よ》してくれよ。何かあったらどうするんだい」

弥之助が止めるのもきかずに、おたつは長屋を出て深川の海辺大工町に向かった。

心配になった弥之助が追っかけて来て再三止めようとするが、

「あたしにも責任があるんだよ。おまえさんも岩さんから聞いただろ……源七さんの無実がまだ晴れないんだ。ものもらいの親子が見付かっていないんだから。それに、文七という人もまだ眠ったままというじゃないか。こうなったらね、かざぐるまをつっつくしかないんだよ」

すたすたと早足で歩いて、平然とかざぐるまの店に入った。

「ごめんよ」

「あら、まだお店は……もう少しあとで来て下さいな」

おなかが出て来て言った。

「あたしはあんたに用があってやって来たんだ。何か食べたい訳じゃない」

おたつは冷たい視線をおなかに投げた。

「あら、そんな顔をして、なんなんでしょうね。何かあたしがいたしましたか、おばあさん」

おなかは馬鹿にした顔で、ふっと笑った。

「まあいいからそこにお座りよ」

おたつは、近くの床几《しょうぎ》を差した。

「おたつさん……」

弥之助は、横に立ってはらはらしている。

「おばあさん、あたしはね、忙しいんですよ」

おなかは突っ立ったまま、床几に座ったおたつを侮蔑した顔で見下ろした。

するとおたつは、たもとから油紙に包んだ物を出して、床几の上に、バンっと音を立てて置いた。

「なんですか、それ？」

流石に興味をそそられたか、懐手でおなかが尋ねる。

「これね、煙草入れですよ」

おたつは平然として言った。

「煙草入れ？」

おなかの顔が曇《くも》った。

「そう、源七親方がここに忘れていった、あの煙草入れだよ。それがさあ、どこにあったと思う……おまえさんの亭主が刺された場所で見付けたんだよ」

「な、なんですか……なんの話ですか」

「おまえさん、亭主が刺されて生きるか死ぬかを彷徨《さまよ》っているっていうのに、一度も見舞いもしないってどういう了見だい。女房だろ」

じろりと睨む。

「知らないよ、別れたんだよ、二日前に」

「なるほどね、だから番屋から知らせが来ても顔も出さないという訳だね。ずいぶんあっさりしたもんだ。文七さんが偽の富くじを売ったのも、おまえさんに勧められたからって聞いているよ」

「ばあさん」

おなかは、こぎたなく呼んだ。

「おやおや、おばあさんからばあさんか……本性が見えてきたというもんだ。どうしてこのばばが源七さんの煙草入れを持ってきたのか教えてやろうか……おまえさんの男、宗兵衛が文七さんを刺した時、この煙草入れを草むらの中に投げるのを、このあたしは見ていたんだよ」

「！……」

おなかの顔が真っ青になった。

「ほら、当たった……」

おたつは笑ってみせて、

「この煙草入れを御奉行所に差し出したらどうなる……」

おなかの手が、包みに伸びてきた。

だが、おたつはその手をバチンと叩いて払いのけると、包みを巾着に入れて立ち上がった。

「ただでは渡さないよ。返してほしかったら宗兵衛に伝えておくれ。あたしは米沢町では名の知れた青茶婆のおたつという者だとね」

歯ぎしりするおなかに、おたつは冷笑を送ると、

「帰るよ」

冷や汗を掻いている弥之助に声を掛けると、かざぐるまの店を出た。

「おたつさん、何やってんだよ。その包み、煙草入れなんて入ってないだろ。こんなことやっていたら、命を狙われるよ」

弥之助は歩きながらおたつに言うが、おたつはすたすたと大川端の道に向かった。

だが、万年橋手前で背後から誰かが走って来る足音に気付いて振り返った。

背の高い男が走って来る。その手に光るものを弥之助は見た。

「おたつさん、危ないよ！」

動転した弥之助が、おたつを庇って立ったその時、背の高い男が二人の前に立った。

「ばあさん、煙草入れを出しな」

背の高い男の手には匕首が光っている。

「宗兵衛だね」

おたつは尋ねた。

「そうだ。ばあさん、煙草入れをこちらに渡すんだ」

じりっと詰め寄る。

「そんなに欲しかったら」

おたつは、巾着から摑み出した油紙に包んだ物を、土手の草むらに放り投げた。

宗兵衛は慌てて土手に走り降りる。

「岩さん！」

おたつが声を上げるまでもなく、辰之助と岩五郎、それに金沢と万次郎が、近くの路地から走り出て来た。

「宗兵衛だな、神妙にしろ！」

岩五郎が声を張り上げた。

土手の草むらで包みを拾い上げた宗兵衛は中身を見て愕然として立ち尽くす。

歩み寄った岩五郎が、宗兵衛から包みを取り上げ、中の物を確めた。

「これは……」

岩五郎は驚いておたつを見た。

油紙に包んでいた物は、美しい刺繡をした女物の煙草入れだ。おたつの煙草入れだったのだ。

「おたつさん、こんな危ない真似は、金輪際しないように」

おたつはにこりと笑って、煙草入れを岩五郎の手から取りあげた。

十

「あちあちあち……」

おたつは蒸し上がった蒸籠《せいろ》の餅米の様子を見て、

「おこんさん、蒸し上がってるよ！」

路地に臼《うす》を据え、餅をついている鋳掛屋の女房おこんに声を掛けた。

「はい、ただいま」

おこんは走って来て、蒸籠を抱え、杵《きね》を持って待つ亭主の佐平治《さへいじ》の元に走って行った。

今日は師走の餅つきの日だ。

おたつがこの長屋に引っ越してきてから、餅米はおたつが買って、長屋の者全員で餅つきを行うことになっている。

だから今日は鋳掛屋の夫婦の他にも、弥之助はむろんのことだが、あんまの徳三《とくぞう》、大工の常吉と女房のおせき、それに大家の庄兵衛まで皆腕まくり襷掛けでてんやわんやの大騒動だ。

米を蒸すのはおたつの役目、竈の火を燃やすのは弥之助、餅をつくのは鋳掛屋の夫婦、そしておたつの家の隣の家で搗《つ》いた餅を団子に丸めたり、板餅にしたり、鏡餅を作ったりするのは、その他の長屋の住人たちだ。

「おたつさん、こうして皆で楽しく餅を搗けるのも、源七親方が無罪放免で帰ることが出来たおかげだね。文七さんも今じゃあ、歩けるようになったらしいし、御の字だね」

弥之助は火吹き竹を握った顔を上げて言った。

おたつはにこりと笑って、次の餅米を蒸し始めた。

宗兵衛は詐欺と殺人未遂の罪で遠島《えんとう》、おなかは江戸払いとなり、事件は一件落着となったのだ。

「それはそうと、おたつさん、ものもらいの親子は見付かったんですかい？」

ふと思い出して、弥之助が尋ねると、

「いや、見付からなかったようだね」

「するってえと、おたつさんのあの大芝居がなければ、まだ源七親方は家に帰れてねえかもしれねえな」

弥之助が首を傾げて苦笑したその時、

「おたつさん、このたびはありがとうございました」

おさいと一緒に、源七と松吉がやって来た。

「もうこりごりです。おさいには何度も頭を下げて謝りましてね、ようやく許してもらいましたよ」

源七は笑って頭を掻いてみせると、

「それと、良仙先生の家で養生している文七さんのことですが、元の身体になったら、うちで指物師の修業をすることになりやした」

おさいと顔を見合わせて報告する。

「良かったこと、私は気になっていたんです。これからどうやって暮らしていくのかと……」

「松吉は今から張り切っていますよ。兄弟子になれるんだってね」

おさいが笑うと、

「おかみさん……」

松吉は照れ笑いをして、おたつを見た。

するとおさいは、前垂れをして、襷を掛け、

「今日はお餅つきと聞いていました。私もお手伝いいたします。おまえさんも、松吉も、さあ」

おさいは、二人に襷を渡した。

どっと長屋に笑いが起こった。

――来年は吉次朗様をきっと見つけ出してお救いする……。

おたつの願いが叶うのも、そう遠くはない。

そうなれば、この今の光景を見ることもないかもしれない。

おたつは、皆の生き生きとした顔を見渡した。

その時だった。

おこんの弾んだ声が聞こえてきた。

「雪だよ、雪が降ってきたよ」

餅をまるめていた連中が、いっせいに外に出た。

「本当だ」

「こりゃあ積もるかもしれねえな」

口々に発する声は弾んでいる。

すると誰かが呟いた。

「暮れに降る雪は、幸せを運んで来るって聞いたことがあるぞ」

確かにこの暮れの雪を、幸せな気持ちで眺められる人は恵まれているに違いない。

――しかし……。

おたつは、ふと思った。

源七親方が会ったというものもらいの母と男児は、今どうしているのやら……どこかの軒で身体を寄せ合って震えているのかもしれない。

おたつは、見知らぬ母と男児の幸せを願わずにはいられなかった。

すると、大家の庄兵衛の声が聞こえてきた。

「福を運んで来る雪か……みんな、来年も元気で暮らせるように、もう一働きするか！」

春よ来い

一

正月も明けた一月も半ばのある日、両国橋西袂の広場に二人のよみうりの男が立った。

「さあ、いらっしゃい、いらっしゃい、皆様方、これをご覧下さいませ」

男は、ぐいと刷り上がったよみうりを往来する群衆に突きつけた。

そこには、どこかの屋敷の門前で切腹する男の姿が描かれている。伸びた月代、そまつな衣服、痩せて骨張った胸、頬に乱れ落ちている乾いた髪の様子は、どう見ても食い詰めた浪人のようだ。

人々は立ち止まってその絵を一目、驚愕の声を上げたり絶句したり、足を止め、次なるよみうり男の口上を待つ。

その頃合いを見計らって、よみうりの男は、声を荒げた。

「そうです、ご覧の通り、一昨日のこと、さるお屋敷の前で、生きる術《すべ》を見失ったご浪人が切腹いたしました。浪人になって諸国を彷徨うこと二十年、仕官もままならず、その間に母も妻も失って、もう生きていてもしょうがない。せめて死ぬ時ぐらいは武士として終わりたいと、錆《さ》びた刀を、色が変わるほど古くなった手ぬぐいで、ぐるぐるぐると巻きつけて、息を詰めて、はっしと腹に突き立てれば……」

よみうりは、ここで一層声を荒げて、

「鮮血は、はらはらはらとおびただしいことこの上なし……屋敷の者は迷惑千万と動転して大騒ぎ……はてさて、いかにしてこのようなことになったのか、子細はこのよみうりに書いてあります。さあ、買った買った！」

すると、聴き入っていた者たちの手が、どっと伸びた。

「私にも頂戴！」

「俺にもくれ！」

我先にと大騒ぎになった。

ところがその輪の中に、稲荷《いなり》長屋の大家、庄兵衛の姿があった。

いかんせん庄兵衛は人垣の中ほどだ。早く前に出てよみうりを手にしたい。

「わたしゃ年寄りなんだから！……」

庄兵衛はそう叫びながら、ぐいっぐいっと人を掻き分けて前に出て、

「押さないで！」

後ろの男をじろりと睨んでおいて、

「こっち！……一枚おくれ！」

ずんっと手を伸ばして、よみうり屋の手元から二枚綴りの摺り物をがっつりと掴った。んでいた。

年寄りの三文字を盾にして、誰よりも早く、ちゃっかりよみうりを手にしたのだ
「それがこれなんだけどね」

庄兵衛は長屋に帰って来ると、早速おたつを訪ねて来て、そのよみうりを見せた。

「切腹だって……」

おたつは、よみうりを取り上げて読む。

それには浪人の苦境が綴ってあって、底辺での暮らしに侍としての誇りが失われていく様が綴られていた。

「お家が断絶すると、家臣は皆こういう風になるんですね」

おたつは、よみうりを庄兵衛の方に戻した。

「まことに哀れなものですな。ここにある佐之倉藩というのは、跡目争いがご公儀に知れ、それでお取り潰しになったと書いてありますが、お侍の世界も大変ですなあ。われわれ町人は、それに比べると気楽といえば気楽なものです。おたつさんも私も、跡を譲る人なんていませんが、それでもこうしてつつがなく暮らせますからね」

庄兵衛は言った。

「庄兵衛さんには娘さんがいるではありませんか」

おたつは苦笑して庄兵衛を見ると、

「いやいや」

庄兵衛は手をひらひら振って否定し、

「娘は一度も私に会いに来たことはありません。別れた女房は私に養育料だと言ってお金を要求してきましたが、娘の父親とは認めていないようですから。私も腹を決めて暮らしてきた訳ですよ。今の私に出来ることは、小銭を貯めて、その金で誰かに後始末をしてもらうことぐらいですかね。正真正銘の天涯孤独です。わっはっはっ」

深刻な話をしているように見えて、庄兵衛は意外に楽天的だ。

ただおたつは、このよみうりの記事を見て、関係の無い余所《よそ》のことだと笑えない気持ちになった。

五年前まで花岡藩上屋敷の奥女中取り締まりだったおたつである。そして今現在は青茶婆に扮して長屋で暮らし、藩主の次男吉次朗の安否と居所を探索している真っ最中だ。

無事に吉次朗を探し出すまでは安穏とはしていられぬ。花岡藩の次代が懸かっているからだ。

そんなおたつの心の中を知るよしも無い庄兵衛は、

「そうだ、肝心なことを忘れていた」

膝を叩いて体を乗り出すと、

「おたつさん、昨年の暮れに綿の入った着物を出してきて、これを袷に仕立て直してもらいたいが、どこか良いところがないかしらと私に訊いたことがありましたな」

庄兵衛は畳んだよみうりを懐にしまいながら言った。

「ええ、急ぎはしませんが、春の声を聞くまでにはと……」

　おたつも鉄瓶の湯を急須に移しながら、庄兵衛の顔をちらと見る。

「実は今日、以前私が勤めていたお店を訪ねて手代に聞いてみたんですよ。私がいた頃から、沢山の女たちに仕立てを頼んでいましたからね。まっ、お針子にもいろいろな人がおりまして、上物の仕立てから単衣物の仕立てまで、また仕立て直しをするお針子もおりまして、店では様々振り分けて仕事を頼んでいる訳です。それでおたつさんの希望に適う仕立て直しをする人はいないかと尋ねてみた訳です」

「いたんですね、そういう人が？」

「はい。おたつさんの着物は、私が見る限り上物です。いや、今身に付けている着物は、わざと安い物を選んでいるようですが、仕立て直しに出したいとおっしゃったあの着物は、こんな長屋に住んでいる女たちが手に出来るような代物ではありません。それでそのことも伝えました。すると手代は、いい人がいる、お引き受けしますよと言ってくれましたので」

「本当ですか、ありがとうございます。私も自分で仕立て直しをすればよいのですが、こうして小商いをしている身です……忙しくて。それに、だんだん歳を取るごとに細かい仕事がおっくうになりましてね」

おたつは笑った。

「まったくです。私も同じです。歳は取りたくないものです」

庄兵衛も笑った。そして残っていたお茶を飲み干すと、

「手代の名は佐之助《さのすけ》です。何時でもお引き受けしますということでしたから……」

庄兵衛はそう言い置いて帰って行った。


その日の七ツ過ぎのことだった。

おたつが小豆粥《あずきがゆ》の鍋を火鉢の五徳《ごとく》に掛け、しゃもじで焦げ付かぬようかき混ぜていたところに、

「ごめん」

みすぼらしい浪人がやって来た。

「折り入って頼みたいことがあって参った」

浪人は土間に突っ立ってそう言った。

背が高く日焼けしていて彫りの深い男だったが、その表情は寒々としていた。心

に闇を抱えているようだと直感した。

おたつは、慌てて鍋を五徳から下ろしてから、

「何の御用でこちらに？」

浪人から一間ほど離れたところに膝を落とした。間を開けているのは、いざという時のための用心だ。

突然刀を抜いて襲いかかられても、躱《かわ》すことの出来る距離を取っている。

武家の女として長刀はむろんのこと、小太刀だって少々身に付けている者としては、当然の心構えだった。

おたつの長屋は、ただの九尺二間の長屋ではない。

入居する時に特別の金を払い、隣の部屋との壁をぶち抜き、長屋二つ分を使用している。

この造作については、退去の際には元の形に戻さなければならないし、当然ながら家賃は二軒分払わなくてはならないのだが、隣の部屋の六畳には、長押《なげし》に長刀を掛けてある。

吉次朗探索には常に危険が伴うために、自分の身は自分で守る覚悟なのだ。

ただ、今土間に入り込んで来た浪人には、緊迫した雰囲気は感じられなかった。むしろ頽廃《たいはい》した雰囲気が体を包んでいる。

それは着古してよれよれになった衣服のせいかもしれないが、浪人の表情には深い疲れが滲み出ていた。

おたつはふっと、今日昼間に庄兵衛に見せてもらった、あのよみうりにあった切腹浪人が頭を過《よぎ》った。

「他でもない。金を貸してもらいたい」

浪人は言った。

「ここは小商いをしている長屋の連中に小銭を融通してやっている一日貸しの高利貸しですよ。朝貸した銭は、翌朝カラスがカアと鳴く頃には返金してもらわなければなりません」

「それでいいのだ。今日は粥をすすったが、明日炊く米が一粒もない」

「ちょっと待って下さいよ。その体で働こうと思えば、米代味噌代ぐらいは手に出来るでしょう」

おたつは、突き放すように言った。

「むろん働いておる。どんな仕事でも引き受けておる。日傭取《ひようとり》だ。だが事情があって……」

苦渋の顔だ。

「どんな事情だか知りませんが、働くしか方法はありませんね。それでも足りないというのなら、こんなところではなくて、その腰に帯びている刀でも質草にして……」

おたつがみなまで話し終わる前に、

「刀は、竹光だ」

浪人は顔を歪めて、

「とうの昔に質草にしておる。それを請け出すことも出来ずに竹光を……この通りだ！」

浪人は跪《ひざまず》いた。

おたつは、大きな吐息をついた。やれやれという顔で浪人の姿を眺める。

確かに明日の米もないのは、そのみすぼらしい姿を見れば察しがつくが、

「名も名乗らず素性も明かさず、突然人の家にやって来て、明日炊く米がない。金

を貸してくれとは、なんとも横着な……そんなことだから暮らしに行き詰まるんじゃありませんかね。ご浪人、侍の矜持はもう持ち合わせていないのですか」

厳しく言った。

「ううう！」

浪人は眉毛を立てて、思わず刀の柄に手をやった。

「そんな顔をして脅しても、私には通用しませんから……第一、先ほど竹光だと言ったではありませんか」

浪人は、おたつを睨んでいたが、まもなく柄から手を放し、

「病人を抱えておるのだ。医者の薬をもらったら有り金を使い果たしてしまったのだ。しかしもう金を借りるところはない。噂に聞いてやって来たのだが……」

浪人は踵《きびす》を返した。

「待ちなさい」

おたつは呼び止めた。

「病人を抱えているというのは本当ですか……」

ついに仏心が出てしまった。

浪人はくるりとおたつに向くと、小さく頷いた。

「うちは、先ほども言った通り小銭貸しですよ」

「貸して下さるのか……」

浪人は上がり框に歩み寄って手をついた。

「私は木《き》島《じま》鉄《てつ》之《の》助《すけ》と申す。住まいは、本所にある妙徳寺の薪小屋を借りておる。いくらでも良い。必ず返金するゆえ、頼む」

武士の面子も何もない。木島鉄之助という男は、深々と頭を下げた。

「しょうがないねえ。うちは高利だけどいいんだね」

「むろんだ。約束は守る」

必死の訴えについに負けてしまったおたつは、木島鉄之助にとりあえず金一分を貸してやった。

「有り難い……」

木島鉄之助は金一分を掌に載せて見詰めると、今にも泣き出しそうな顔でそう呟き、おたつを見詰めて頭を下げると、急いで帰って行った。

——やれやれ……。

あの様子では、貸した一分金は返ってはこないだろう。

おたつは冷えてしまった鍋を、また五徳に掛けた。

「おたつさん」

すると今度は弥之助が入って来た。

「今そこで、ご浪人に会ったけど、おたつさんのところに来ていたのかい？」

いつもの通り、なんにでも頭をつっこんでくるのが弥之助だ。

「病人を抱えていて、明日炊く米代もないっていうから……」

苦笑するおたつに、

「貸してやったのか……」

弥之助は呆れた顔でおたつを見たが、

「まあ、人助けだものな、おたつさんの金貸しは……それにあのご浪人、悪い人じゃなさそうだし」

弥之助は、売れ残った白菜を台所に置く。

「どうしてそんなことが言えるんだい……知ってるのかい、あの浪人を？」

おたつは尋ねて、

「食べていくかい……小豆粥」

そこに座れと弥之助に指し示す。

「ありがてえ、頂きやす」

弥之助は、ちんと座ってから、

「おたつさんは、昨年から柳原河岸地を普請しているのを知ってるだろ……」

「いえ、知らないね、柳原のどの辺りなんだい」

「和泉橋の西側の河岸地だよ。あっしは毎日あの辺りを通っているんだが、あのご浪人は人足たちに交じって働いているんだ。よく見ているぜ」

おたつが鍋をまぜる手元を見ながら言った。

「日傭取は嘘じゃなかったんだね」

おたつは小皿に粥を取って味見をして、うんと頷き、こんどは椀にあたたまった粥を入れる。

弥之助は生唾を飲み込んでから、

「あらくれ男たちに交じってもくもくと、もっこを担いだり、鍬《くわ》を使ったりしているんだ。感心なご浪人だなって思って見ていたんだ」

弥之助は出してもらった粥にかぶりついた。

美味しそうに食べる弥之助を見ながら、

――病人というのは……。

いったい誰なのかは聞かなかったが、薬代まで捻出しなければならないのだとすれば、金一分などすぐに消えてなくなるのではないか。

必死に訴えていた木島鉄之助の顔を、おたつはまた思い出していた。

二

「これは、おたつさんでございますね。庄兵衛さんから伺っております」

小伝馬町《こでんまちょう》に暖簾を張る呉服問屋『倉田屋』の手代佐之助は、愛想の良い顔でおたつを迎えてくれた。

「お手数をおかけしますが、よろしくお願いいたします」

おたつは抱えてきた風呂敷包みを佐之助の前に置いた。

「拝見します」

佐之助は風呂敷包みを引き寄せて開いた。

「これは……先年お亡くなりになった隆祥先生のお作……」

佐之助は驚いている。

おたつが持参した着物は、ちりめん地の友禅染。梅幸茶に染めあげた着物の裾には、一重の山吹の花が慎ましやかに手描きされている。

はらりと裾の部分を捲《めく》ると、表の柄に連なる共八掛《ともはっかけ》に『隆祥』の印が押してある。

疑うことのない上品で高級な着物である。

佐之助の表情が変わった。

着物からおたつに移したその目の色には、いったいこの年寄りは何者なのかという驚きが見える。

「知り合いの形見分けなんですよ」

おたつは素早く佐之助の興味を削ぐような嘘を並べて、

「急ぎはしません。今のところ着る予定もないのですが、仕立て直しておけば、また袖を通すこともあるかもしれません。この年寄りには、も少し落ち着いた柄が良いのですが……」

微笑んでみせると、

「いいえ、ご隠居さまにはとてもよくお似合いだと思いますよ。こういう良い物を預からせていただくと緊張いたしますが、嬉しく思います。お針子も喜んで直してくれると思います」

佐之助は丁寧な手つきで風呂敷に包むと、

「これだけの上物です。仕立て直しも値段が張りますが、よろしいでしょうか」

おたつに断りを入れ、

「この仕立て直しを頼む人は、おさとさんという人なんですが、きっとお気に召すよう仕立てると思います」

佐之助は言う。

「おさとさん……」

「はい、七、八歳の男の子と暮らしている人です。ついこの間までお姑さんのお世話もしていたんですが、お姑さんは亡くなられて、今は息子さんと二人暮らしです。住まいも馬喰町一丁目の長屋ですので、すぐそこです。仕上がりましたらお知らせします」

丁寧に説明してくれたところに、丁稚が運んで来たお茶を、おたつに勧めた。

「どうぞ、京の宇治から取り寄せているお茶でございます」

「まあ、それはそれは、久しぶりです」

おたつは茶碗を手に取って黙礼し、お茶を口に含んだ。

「美味しいお茶ですね」

久しぶりの宇治のお茶だ。

大名家はどこも宇治からお茶を購入している。

宇治のお茶は、精製したのち京の天皇家や公家衆にまず送られ、それから将軍家にお茶壺にて運ばれるが、そののち大名家や茶人たちに送られる。

花岡藩でも毎年新茶が送られてくると、口切りの茶事で抹茶を頂き、そののち煎茶が女中たちの局にも配られる。

ただ、日常頂くお茶が全て宇治のお茶ではない。

高級なお茶を飲めるのは、取締役の多津、つまりおたつのような身分の高い女中だけで、あとの者たちは花岡藩領で作っているお茶を飲んでいる。

おたつはお茶を飲み干すと、店の中に視線を遣った。

七、八人の手代がお客の相手をしている。手代がお客に披露している反物は、落ち着いた深い色合いの趣向の良いものばかり。
しかもお客は、大店《おおだな》の内儀や娘などで、長屋に暮らしているような女房の姿は見えない。

「庄兵衛さんも、以前はこちらでお客さんの相手をしていたんですね」

おたつが言って微笑むと、佐之助もそれに呼応し、

「はい、私もずいぶんお世話になりました。庄兵衛さんが番頭さんだった頃は、私も手代になったばかりで、手取り足取り、庄兵衛さんにはいろいろと教えてもらいました」

「こちらを辞めたのは何年前ですか？」

「はい、八年前です。当時はおかみさんを貰って、この近くの仕舞屋《しもたや》で暮らしていらっしゃいましたが、離縁してまもなく、お店を辞められました。まさか大家になるとは思ってもみませんでした」

おたつは、庄兵衛の昔を思い出しながら微笑んで聞いている。

「暖簾分けしてもらって、小体なお店を開くのではと思っていたんです。でも考え

てみれば、今の暮らしが安気なのかもしれません」

佐之助はくすりと笑った。

「確かに……、庄兵衛さんはかりんとうが好きで、かりんとうを食べながら本を読むのが好きだと言っていましたからね。商いをしていたんでは、とてもそんな暇はないでしょうから……」

おたつは笑みを返すと、

「それでは……」

膝を立てた。


おたつは倉田屋を出ると北に向かった。

弥之助から聞いていた柳原河岸地の普請場を見てみようと思ったのだ。

そこで木島鉄之助は、人足たちに交じってもっこを担いでいると聞いていた。

おたつは自分の目で確かめてみたかったのだ。

四半刻後、おたつは和泉橋の南袂に立った。

この橋の南袂から筋違《すじかい》まで小屋がけの店が軒を連ねている。

そして、和泉橋の土手下から柳の森稲荷まで河岸地が続いているが、弥之助の言っていた普請場は、柳の森稲荷近くにある船着き場だった。

冷たい川風が吹く中で、三十人ほどの人足が石を積み上げていた。

おたつは川縁の土手を降りていきながら、木島鉄之助の姿を探した。

だが、浪人の姿は無かった。石を積んでいるのは袢纏に股引き姿の町人ばかりだ。

そしてその者たちを監視しているのは、鞭を手にした親方風情の男が一人。酒焼けしたような顔に、縮れたもみあげを伸ばしたその男は、濃い眉毛をぴくぴくさせながら人足たちを叱咤している。

「寒い寒いと弱音を吐くんじゃねえや。怠けてるから寒いんだ。のろのろしてるんじゃねえ……馬鹿、足元をよく見ろ！」

あっちにもこっちにも、しゃがり声を上げている。

おたつはその男に近づいて言った。

「もし、お尋ねしますが、この現場に木島というご浪人が働いていると聞いて来てみたんですが……」

「木島？」

監視の男は面倒くさそうな顔をおたつに向けると、

「そんな人はいねえ」

ぶっきらぼうに言った。

「木島鉄之助という人ですが」

もう一度訊いてみたが、

「中野という浪人なら来ているが、今日は休みだ」

「中野ですか……名前は？」

「権兵衛」

「中野権兵衛……」

おたつは呟いたが、すぐに、

「その浪人は背が高く、日焼けしていて、彫りが深いのではありませんか？」

聞き返した。

「背が高くて彫りが深い……確かにそうだが」

怪訝な顔の監視の男に、

「家族に病人がいて、住まいは本所の妙徳寺」

おたつは言葉を重ねながら監視の男の反応を窺う。

「いや……」

監視の男は首を横に振って、

「中野の旦那は俺たちに家の中の話はしたことがねえんだ。ただ、住まいが本所っていうのは聞いたことがあるがな」

婆さん余所を捜してみな、そう言われたおたつは、それで船着き場を出た。

土手を上りながらおたつは思った。

――木島鉄之助か中野権兵衛か、名前以外は合致する。とすると、どちらかの名は偽名かもしれない……。

偽名を使わなければならないとしたら、あの浪人は人には話せない事情を抱えているとしか考えられない。

ただ、深い事情を抱えた者ではあっても、おたつに話してくれたように身を粉にして働いていることは確かだと思った。

金一分の金は返済してくれないかもしれないが、それより、仕官の口も無く、一生を浪人として暮らさねばならない侍に、おたつは同情を禁じ得なかった。

──悪い癖だ……。

おたつは苦笑した。

つい頭をつっこんでしまうお節介焼きの婆さんにまたなっている。

おたつは土手を上りきると船着き場を振り返り、黙々と石を運び、積んでいく人足たちに目を遣った。

「おたつさん……」

その時だった。背後から声を掛けられた。

振り返ると九鬼十兵衛が立っていた。

「何かあったんですか、こんなところまで遠出して……倉田屋から尾《つ》けていたんですよ」

十兵衛は近づいて来て、

「明日は美佐様の命日です。それで一足先にお墓参りに行ってきたのですが、誰かがもう参っていました。おたつさんではありませんよね」

真顔で訊いてきた。

美佐様というのは現花岡藩主の側室で、おたつたちが今行方を探索している吉次朗の生母のことだ。

側室美佐はとうの昔にこの世を去っていて、おたつが奥を仕切っていた時には、祥月命日には必ず部屋子を連れて墓参りをしていた。

むろん和尚にもお経を上げてもらって懇ろに供養してきている。

ただ長屋暮らしになったこの五年の間は、命日を外して前後の日に一人で墓に参っている。

おたつは首を振って、自分ではないと否定した。

「そうですか……水仙の花が供えられていました。線香も点《とも》した跡がありました。もしかして萩野殿かもしれません」

おたつは頷いた。

そうだとすれば、やはりこの江戸に無事で暮らしているという証拠だ。

「ところで殿はその後如何ですか？」

おたつは歩きながら九鬼に尋ねた。

「すっかりお元気になられました。皆ほっとしているところです」

「では道喜先生は帰って来たんですね」

「はい、いったん診療所に帰っては来ましたが、殿の強い希望で奥医師として花岡藩お抱えになりました」

おたつは笑った。

患者の一人もいないと泣き言を言って金を借りに来たあの道喜が、今や花岡藩の奥医師になったのかと思うと、自然と笑みがこぼれてきた。

「吉次朗様のお住まいを突き止めるのも、時間の問題となっています。近いうちに、お知らせに参ります」

九鬼はそう告げると帰って行った。

三

翌々日のこと、おたつは芝三田にある『萬念寺』に向かった。

萬念寺は花岡藩の菩提寺で、代々の藩主とその家族が埋葬されている。

おたつたちが捜している吉次朗の生母、藩主佐野忠道の側室美佐も萬念寺に葬られていて、祥月命日には奥の女中が参っている筈だ。

そこでおたつは、祥月命日を避けて今日向かったのだった。

睦月の陽の光は弱く、風もまだ冷たかったが、境内に入ると、どこからともなく鶯《うぐいす》の笹鳴きが聞こえてきた。

ふっと参道を見渡すと、梅のつぼみが膨らんでいるのが分かった。この寺の梅は白梅紅梅と入り乱れて咲くので有名だ。

——花岡藩にも早く春が訪れてほしいものだ……。

おたつはこの五年間の心労を反芻《はんすう》しながら墓地に入った。

側室美佐の墓地には九鬼が言っていたように水仙の花と、黄色い寒菊も供えられていた。

寒菊はおそらく奥の女たちが供えたものに違いない。

おたつは線香を点して手を合わせた。

ここに詣るたびに、美佐が死に際におたつに遺言した言葉が蘇る。

一子吉次朗の将来を案じた美佐は、花岡藩とは別のところで育ってほしい、跡目争いの中に育つことの危険を訴えていた。

美佐は側室だったとはいえ、奥の総取締役多津と名乗っていたおたつの配下だった女中である。

側室というより娘に接する母のような気持ちで見守っていたおたつだ。

「今しばらくお待ち下さいませ。吉報をお届けすることも近いと存じます」

おたつは手をあわせて美佐に誓うと墓地を出た。

そして庫裡《くり》に顔を出した。

「これは多津様！」

驚いて迎えてくれたのは台所を任されている下男だった。

「お上がり下さいませ」

下男は言った。花岡藩にいた頃なら下男の案内で座敷に上がり、住職と面談するのだが、

「いえ、ここで失礼しますが、甚平《じんべい》さんにお尋ねしたいことがあります」

おたつは言った。甚平とは下男の名だ。

「あっしに……なんでしょう」

甚平は怪訝な目でおたつを見た。

「先日、祥月命日の前の日ですが、側室美佐様のお墓にお参りした方はどなただっ

たのでしょうか」

参拝客を迎えるのは下男の役目だ。万が一墓に参ったのちに庫裡に立ち寄ってい るならば、甚平はその人を迎えている筈だと思ったのだ。

「いえ、こちらにはお見えになっていません」

甚平は否定したが、

「ですが、お墓参りにいらしていた方の姿は見ております」

「どのような方でしたか……三十半ばくらいの女の方ではなかったでしょうか」

おたつの問いに甚平は驚いたような目で頷くと、

「へい、おっしゃる通りです。あっしが手水場《ちょうずば》の掃除をしている時に、桶に水を汲んで墓地に向かわれましたが、三十半ばの町人の女の方でした」

「一人でしたか？」

おたつは畳みかける。

「一人です。それで、どなたのお墓に詣ったのかと気になりやして、後でお墓を確認しましたら、花岡藩のお墓だったのでございやす」

「ありがとう、お手間をとらせました」

おたつは甚平に礼を言って寺を出た。

お墓参りに来ていた者は、吉次朗と一緒に逃げて姿を隠している萩野に間違いない。

そう思えただけでも、おたつの心は軽くなっていた。

長屋に戻るひとときを、ほっとした心持ちで京橋から日本橋に、そしてそこから東に道をとって浜丁堀に出た。

浜丁堀の汐見橋にある岩五郎のかみさんの店に立ち寄ってみようと考えたからだ。

だが、浜丁堀の通りに出た途端、

「止めてくれよ、お願いだよぅ」

遊び人風の男に土下座して泣きながら謝っている七、八歳の少年を目にした。

辺りにはしじみが散らばり、ひっくり返ったザルも見える。

謝っている少年は、どうやらしじみ売りのようだ。

「おめえのお陰で、ほれ、見てみろ、こんなに着物が汚れちまったじゃねえか。どうしてくれるんだよ！」

遊び人風の男は、自身の着物の前身頃の腰の下あたりを差して少年に脅し文句をつきつけている。

「お止めよ、みっともない！」

おたつは急いで近づくと、少年を庇って立った。

「なんだなんだ……婆さん、退《ど》きな。退かなきゃ怪我をするぜ」

遊び人風の男は、噛みつかんばかりの顔だ。

「いい大人が、こんな子供を脅すなんて恥ずかしいとは思わないのかね」

おたつが、言いなりになって口をつぐむことなんてある筈がない。

「なんだと、しゃしゃり出て来やがって……いいか、婆さん、このガキはあっしにぶつかってきたんだぜ。見ろよこの着物を……」

遊び人風の男は、汚れた場所を、これ見よがしに指す。

「ふん、どっちがぶつかってきたんだか分かったもんじゃないね。洗濯代を出しゃいいんだろ」

おたつは財布から一朱金を出して見せ、

「これで手を打とうじゃないか。それともなにかい、いい大人が子供に因縁付けて乱暴を働いているって番屋に知らせてもいいんだよ」

じりっと一歩歩み寄る。

「くそっ」

遊び人風の男は、おたつの掌から一朱金を奪い取った。

「洗濯に出してもおつりが来るよ。いいかい、二度とこの子に乱暴を働いたら、あたしは御奉行所に知らせて、おまえさんに縄を掛けてもらうからね」

「ちっ、好きなことを言ってやがる」

遊び人風の男は、一度一朱金をひらりと上げて手で受けると、鼻で笑った。

「おや、嘘だと思っているんだね。しょうがない、私の素性を教えてあげますよ」

おたつは急に襟を正して胸を張り、声音も変えて、

「北町奉行所筆頭与力坂崎の母多津とは私のこと。御奉行様とも懇意の仲、こうして町人に身をやつして町を見回っているのも、ひとえに町の治安を守るため。おまえさんのような人間を御奉行所に突き出すのなんて朝飯前です。疑うならば、奉行所に訊いてごらんなさい」

「うう……」

返事も出来ず口ごもった遊び人風の男は、次の瞬間、踵を返して走り去った。

おたつはくすくす笑って見送ると、

「ぼうや、大丈夫かい……」

腕で涙を拭っている男の子の顔を覗いた。

「ありがとうございました。おいらは太一《たいち》といいます」

顔を上げた男の子は、はきとした口調で礼を述べる。

「もう大丈夫だよ。それよりこれじゃあ大変だ……」

おたつは、しじみ拾いを手伝ってザルに入れると、

「売れ残ったしじみだね」

太一に訊いた。

「はい、でもこれを売り切って帰らないと……」

困った顔をして太一は俯く。

「おっかさんに叱られるのかい？」

太一は首を横に振って否定した。そして、

「おいらが心に決めているんです。残さず売って帰るんだって。母の苦労を軽くしてあげたいんです。母は寝る間も惜しんで仕立て物をして、おいらを育ててくれて

いるんです。だからおいらも……」

決意を込めた顔でおたつを見る。

「分かった。そしたらね、この婆さんについておいで。この堀を少し行くと汐見橋があるだろ。そこに知り合いのお店があるから、そこで買ってもらえばいい」

おたつは、太一を連れて岩五郎の店に向かった。


「太一ちゃんだったね。またおいで。何時でもしじみを頂くからね」

岩五郎の女房『おかめ』の女将、おしなはザルにあったしじみ全てを買い、太一の掌に二十文を載せた。

「一升もありません。十文でいいんです」

太一は掌の二十文をおしなの方に差し出した。

「いいんですよ。今は一番しじみが美味しい時ですからね。それに今日はね、おっかさんを助けたい、そういう太一ちゃんの気持ちに、おばちゃん、嬉しくなったんですよ。だから、おばちゃんの気持ち、受け取っておいて下さいな」

おしなは太一のまだ幼さの残る指を掌に折り入れて、二十文を握らせる。

太一は戸惑いの顔で、おたつを見た。

「頂いておきなさい。子供は素直じゃなくちゃね。この婆さんの長屋にも来るといいよ。両国橋西、米沢町の稲荷長屋。私の名は教えたろ?……おたつだよ」

太一は頷くと、目を輝かせて言った。

「米沢町ならおいらの長屋と近いよ。おいらは馬喰町の長屋に住んでいるんだ」

「へえ、馬喰町のどのあたりだい?」

おたつは尋ねる。つい先日倉田屋の手代から馬喰町という町名を聞いたところだった。

「馬喰町の一丁目です」

「一丁目……」

「はい、だからおたつお婆さん、おいら、きっと寄せていただきます」

太一はぺこりと頭を下げると、元気に走って帰って行った。

おたつは見送ってから、

「子供はいいねえ。それはそうと泣き虫清吉さんは頑張っているのだろうね」

おしなに言いながら床几に座った。すると、

「おたつさん、あっしはそんなに頼りないですか」

早速清吉がお茶を運んで来た。

「泣いているんじゃないかと心配でね。さっきの子供が余程しっかりしているよ」

おたつは笑った。

清吉は深川で板前の修業をしていた男だが、田舎に帰る途中で有り金全てを盗まれて、困り果てたあげくに、こそ泥をしたことのある男だ。

その果てには、江戸の街を荒らしていた大泥棒と間違えられて縄を掛けられ番屋にしょっぴかれている。

おたつはこの泥棒清吉に押し入られ、つい仏心を出して匿ったばっかりに、大変な思いをしているのだ。

しかもなにかにつけて清吉はすぐに泣くのだ。

弥之助はじめ清吉に関わった人たちは、呆れ果てて見ていたのだが、こそ泥をした金は持ち主に返金したことで清吉は無罪放免《むざいほうめん》となった。

岩五郎はそれを機に清吉を引き取って、自分と女房が経営しているおかめの店で板前として腕をふるってもらうことにしたのであった。

「岩さんへのご恩に報いるためには、しっかり働くんだよ」

おたつが清吉の顔を見る度に同じことを繰り返し言うものだから、

「分かっています。おたつさん、もう勘弁して下さいよ」

清吉は口をとんがらして言葉を返すが、すぐに笑顔になって、

「何か食べたいものはありませんか。何でも作りますよ」

おたつに訊いてくれるのだ。

「みんなが頂いているものでいいんだよ。珍しいものじゃなくって、みんなが日常食べているもので、おっと思わせるようなものをね。それが板前の腕のよしあしを決めるんだから」

「分かりました。お任せ下さい」

清吉が板場に消えると、そこに岩五郎が手下二人を連れて帰って来た。

「これはおたつさん」

日焼けした顔で岩五郎は近づいて来た。

「忙しそうだね」

おたつが床几の片方に腰を寄せると、

「すみません。殺しがあったものですから」

岩五郎もその床几に腰を下ろして、

「おまえたち、今のうちに腹を満たしておけ」

手下二人を板場の方に追いやってから、

「殺されたのは日本橋の蠟燭《ろうそく》問屋の主で徳兵衛《とくべえ》という人なんですが、胸を刺されて殺されていやした。懐にあった財布も抜き盗られていましてね、内儀の話では常に十両は財布に入っていたというんですが、その財布というのが印伝《いんでん》の財布だったというのでさ。特注ものです。ただ財布の中身は、料理屋で仲間と飲んだ帰りだったようですから、料理屋でいくら散財したのか、そのあたりはもう少し詳しく仲間に聞いてみねえと分かりませんが……」

岩五郎は言った。

「すると、下手人はまだ分かっていないのですね」

「それですが、殺されたのが人の目につかない掘割沿いだったものですから、実見した者はいないと思っていたんでさ。ところが、今日になって財布を抜き取っていた浪人を見たという者が現れやして……」

「浪人ですか……じゃあ二本差しの者が丸腰の町人を殺して財布を盗ったってことですか。恐ろしい世の中になったものです」

おたつは言った。

「とはいえ、浪人を見たという者も、顔を見ている訳ではありませんから……背が高かったとは言っていましたが、何も分かっちゃいないんでさ」

「それにしても、本来なら、侍は町人を守るべき者たちですよ」

おたつは顔を歪める。

「近頃この江戸に流入してくる浪人は多くなっていますからね。大名家がお家断絶となれば、まあ、二度と再興は叶わない。すると一度浪人となった者は、ほとんどの人が子々孫々まで浪人ということになる。江戸に出て来ても、それは変わらない。だんだん人として、侍として生きていく気力も失って、食い詰めて、つい犯罪に手を染める。そういう輩《やから》が増えていますから……」

おたつは頷いたが、食い詰めた浪人という言葉に、木島鉄之助を思い出していた。

木島鉄之助は食い詰め浪人で背が高い。

「ただ、徳兵衛という人は敵の多い人だったと聞いていますので、誰かに恨みを買っていたのかもしれません。ですから商人仲間にも当たっているところです。まっ、きっと下手人はお縄にしてみせますよ」

岩五郎は自信ありげに言った。

「十手を預かったら預かったで大変だね」

おたつは呟く。

「なあに、ここで料理をお客に運んでいるよりやりがいがありますよ。清吉が来てくれて大助かりさ」

岩五郎は笑ったが、すぐに真顔になって、

「おたつさん、吉次朗様のことですが、九鬼の旦那と先日会いましてね。九鬼の旦那と連絡を取り合って探索しようと約束したところです。今日は手下どもに殺しの調べを手伝わせましたが、手を抜くことなく動いておりますので……」

小さな声で告げた。

「そのことですが……」

おたつは今日、美佐の墓を詣った時に、萩野らしい女が祥月命日の前日に墓参りをしていたことを告げ、

「間違いなく、この御府内《ごふない》に暮らしています」

岩五郎の顔に頷いてみせた。

四

「えっ、あの浪人はいなかったって？」

弥之助は怪訝な顔で言った。

「普請場の監督は、こう言ったんですよ。この間までここにやって来ていたのは木島鉄之助などという浪人ではない。中野権兵衛なら来ていたが今日から休んでいると……」

「おかしな話だな。偽名を使っているな、きっと……」

首を傾げた弥之助だが、

「おたつさん、金一分、欺《だま》されたな。もう諦めちまうしかねえんじゃねえか。まったく人が良いから」

苦笑して言った。

「かもしれないね。弥之助さん、この話内緒だよ。欺されたなんて知れたら、そんな人間に金一分もくれてやるのなら、私たちから利子を取るのは止めてくれ、こっちに恵んでほしいわって言われるに決まっている」

おたつはため息をつく。

「当然だね。あっしなんて、毎日毎日、銭は借りるが、借りた銭も利子も、きちんきちんと払っているんだからね。不公平だよ」

上がり框に腰を据えて、弥之助はぶんむくれの顔をして、

「一年でも早く小体な店を開きたいと思っているんだぜ。こつこつ銭を貯めてさ。だけども一日にして金一分なんて利益は上げられねえよ。金一分を摑むのに、どれほど苦労をすることか。おたつさんを見損なったよ」

おたつを睨む。

おたつが大きく吐息をついて、

「話すんじゃなかったよ、分かった分かった。もう帰っておくれ」

そう言ったその時、

「ごめん……」

あの浪人がやって来たのだ。

「おまえさん……」

驚いた顔でおたつは浪人を見た。そして弥之助と顔を見合わせた。

「遅くなったが借りた金を返しに来た」

浪人は言って頭を下げた。

弥之助はその顔をまじまじと見て、

「旦那、ご浪人の旦那、旦那は柳森稲荷船着き場の普請場で働いているんだよな」

浪人に訊いた。

一瞬にして浪人の顔に戸惑いが走った。

「あっしはあの辺りを毎日廻っているんだぜ。だからこの間、旦那がこのおたつさんの家から帰って行くのを見て、おたつさんに言ったんだよ。あの旦那は船着き場でよく見かけるよって。それでおたつさんは先日船着き場に行ったんだ。そしたら木島鉄之助なんてご浪人は来ていねえ、そう言われたんだ。どうなっているんだよ」

弥之助は言っておたつを見た。おたつに次の言葉を預けたのだ。

するとおたつは頷いて、浪人の顔をきっと見詰めて、

「あの普請場に来ているのは中野権兵衛という人だと聞きましたよ」

すると浪人はますます狼狽《ろうばい》して、

「すまぬ。わしの名は木島だ。木島鉄之助で間違いない。あの普請場で使っていた中野という名は偽名だ。訳あってな、この通りだ」

おたつに頭を下げると、

「お陰様で借りた金で病人の薬を買うことが出来た。それで今日は返しに参ったのだ」

木島鉄之助という名を告げた浪人は、一分金と利子として銭三百文を出して上がり框に置いた。

「それにしても、ずいぶん早くお金が手に入ったんだね」

おたつは木島の顔を見る。

「手当ての良い仕事が見付かったのだ。一日一分を貰える仕事だ。いの一番にこちらに返さなくてはと思ってな」

おたつは、木島の腰の物も、ちゃんとした二本差しになっていることにも気づき、

「あの時、腰の物は質に入れて、今差しているのは竹光だと言っていたのに、それも請け出してきたんですか」

じろりと眺める。

木島は笑って返すと、

「では……」

踵を返してそそくさと帰って行った。

おたつが息をついたその時、太一がやって来た。

「やれやれ……」

「おたつさん、太一です」

太一は、しじみのザルを抱えている。

「売れ残ってしまったんだ」

申し訳なさそうな顔で、上がり框にザルを置いた。

「どれどれ……どれだけ残っているんだい？」

おたつはザルの中を覗き、

「五合ぐらいだね」

そう言うと銭箱から二十文を数えて太一の手に握らせた。

「あの、十文で結構です」

遠慮する太一に、

「いいから……」

おたつが頷くと、

「ありがとうございます」

太一は行儀良く頭を下げた。するとそれを見ていた弥之助が、

「感心だな、あっしなんぞはこの年頃には悪ガキぶって、遊んでばかりいたもんだ」

頭を掻いて笑った。すると太一は、

「おいらは、父が帰って来るのを待っているんです。それまでは遊んでなんかいられない。母を助けなきゃいけないって……」

太一は、おとっつぁん、おっかさんとは言わず、父、母で両親を説明する。

おたつは、おやと気付いて訊いた。

「母は仕立て物をしていると言っていたけど、どこから仕立て物を請け負っている

んだい？」

「倉田屋さんです」

「倉田屋……」

おたつは聞き返す。

「はい、母は仕立てが上手なんです。倉田屋の人も、おさとさんなら安心だって反物を持って来てくれるんです」

「おっかさんは、おさとさんという人なんだね」

おたつは驚いた。おたつの仕立て直しを頼んでいるのが、馬喰町一丁目のおさとという人だったからだ。

太一はこっくりと頷くと、

「ありがとうございます」

行儀良く挨拶して帰って行った。

「いかがでしょうか……」

倉田屋の手代佐之助は、出来上がってきた着物を、おたつの前に広げてみせた。

「結構です。ずいぶん早く仕上げて下さったんですね」

おたつは手に取って、針の目の美しさに驚いている。

「はい、あのおさとさんて人は、針を持ったら夜なべをしてでも仕上げる人です。約束の日を違《たが》えるどころか、早め早めに仕上げます。ですから安心して頼むことが出来るのです。おたつさんには今日明日にはお届けしようと思っていたところです」

佐之助は愛想の良い顔で、仕立ての仕上がりを自慢した。

「いいえ、私は仕立てを急かしに参ったのではありません。少しお尋ねしたいことがあって……」

「私にですか？」

怪訝な顔で佐之助はおたつを見た。

「ええ、おさとさんのことです。おさとさんには太一ちゃんというお子さんがいるのですね」

「はあ……おります」

佐之助は言った。

「やっぱりそうでしたか。太一ちゃんはしじみを売って母を助けるのだと、ずいぶんしっかりしたことを言うお子さんで……いえね、つい最近知り合ったんです。一昨日私の長屋にやって来た時に、父の帰りを待っているなんて言っておりまして、いったいあの子の父親は今どこで何をしているのかと思ったんですよ」

佐之助は頷いてから、

「私も父親のことはよくは知らないのですが、おさとさんは昔、深川のあるお店で見かけました」

言いにくそうに言った。

「ある店ですか……」

おたつは聞き返す。訳ありの店だと佐之助は言っているのだろうと思ったのだ。

佐之助は頷いて、

「おたつさんが今考えているような、例えば世間一般に言う岡場所などではありません。そこはちょっと変わった店でして……」

佐之助が言うのには、その店は表からはどこにでもある茶屋の構えをしていて、中に入ると小あがりの座敷や、奥には小さな座敷も設えてある。

お客は店の女たちを指名出来るが、最初は女将が選んでくれた女と相対して、お茶を飲み、或いは酒を飲む。無論希望すれば料理も出してくれるのだ。

店はお上の法に触らぬよう水茶屋のような触れ込みに徹しているが、お客と女が互いに望めば、別料金を払って床を共にすることも出来るという多様な店だ。

女たちのほとんどが、どこにでもいる娘や後家で、中には亭主持ちという女もいたが、岡場所の女のように手練手管に長けた女たちではなかった。

だからその店を訪ねる男たちも、ただ女とお茶を飲んで話したいといった、生臭い関係までは欲していない者もいたから、若い男から老人まで客はいろいろだった。

「おさとさんは、そういう店で働いていたんです。店での名前は確かおはなさんだったと思います」

佐之助は言った。

「すると、佐之助さんは、おさとさんと席を同じくしたことはないのですね」

「はい、私がおさとさんを見たのは、茶釜の前でお客のお茶を淹れている姿でした。一度話してみたいものだと思っていた矢先、ふっと店からいなくなりまして、女将に尋ねたら、お侍さんと一緒になったんだって言われたんですよ」

佐之助はそこで、ふっと笑って、

「私はそれで諦めました。また、店に通うのも止めました」

「なるほどね」

おたつは苦笑して、

「でもそのおさとさんを、あの時のおはなさんだと知りながら仕立ての仕事をまわしてやってあげるなんて、良い人だね、佐之助さんは……」

おたつは微笑んで言った。

「おたつさん……」

佐之助は笑って手を横に振って否定し、

「良い人だなんて、そんなんじゃありませんよ。昔憧れて見ていた人です。その人を助けてあげたいと思ってのことです。御亭主は侍だった筈なのに、どうして長屋住まいをしているのか……。おさとさんに訊いてみたいがそれも出来かねているところです」

正直に話してくれたが、その言葉の中には、以前と変わらぬおさとへの憧れが佐之助の胸にはあるのだと、おたつは察した。

「いや、恥ずかしい昔の話をしてしまいました。おたつさんにお会いするのはこれが二度目なのに、なんだか母親か叔母に会ったような親しみを感じてつい……庄兵衛さんがおっしゃっていましたよ。おたつさんは不思議な方だと。親しみやすいし、頼りになる方だと……」

「あらまあ、そんな風に言っていただいて有り難いことです」

おたつは笑って返すと、仕立て上がった着物は、ついでの時でいいから長屋の宅まで届けて欲しいと告げて店を出た。

五

「コ、コケコッコー！」

近頃すぐ近くの長屋で飼っているらしい鶏が、毎日しらじらと夜が明けてくる頃になると声を張り上げる。

すると柴犬のトキは、戸惑いを見せ、

「ウォーワンワン！」

と声を上げるべきところを、

「ウ、ワワッワー！」

鶏の声につられて奇妙な鳴き方をするようになった。

「トキ、おまえ、間違ってるぞ。鶏なんぞに引きずられて恥ずかしくないか……逆におまえが鶏に教えてやらなきゃな。いいか、犬はこう鳴くんだ。ウォーワンワン！」

やって来た弥之助がトキに教えてやるのだった。

するとトキは、しまった、という顔をして、

「ウォー、ワンワン！」

と鳴き直して、これでどうだ、という顔で弥之助の顔を見ると、朝の役目が終わったとばかり、とぐろを巻いてまた目を瞑《つむ》って二度寝に入るのだった。

「やれやれ。おまえはもう老人か……おたつさんより若いだろうに」

弥之助は独りごちて戸を開けて中に入った。

「弥之助さん、今なんてトキにたきつけてたんだい」

銭勘定しながら、おたつがじろりと弥之助を睨んだ。

「だってトキは、近頃鶏に押され気味じゃねえのかい。だから教えてやったんだよ」

言い分けをしているうちに、おたつは弥之助に貸してやる銭を上がり框に置いた。

「ありがとよ、おたつさん」

弥之助が借りた銭を懐に入れて帰って行くと、

「おたつお婆さん……」

心細そうな顔で太一が入って来た。

「おや、早いじゃないか。しじみだね」

おたつは言って銭を握って立ち上がるが、太一はしじみのザルは持ってはいない。

「すみません、助けて下さい。母が病になってしまって……」

今にも泣き出しそうな太一である。

「病になったって、お医者さんには診てもらったのかい」

「まだです。お医者さんに診てもらわなくても大丈夫だって……お金が勿体ないって……必ず治るから安心しろって言うんだけど、息苦しそうで見ているのが怖いんです」

「分かった」

おたつはすぐに立ち上がり、土間に降りると外に出て、

「弥之助さん！」

木戸を出て行こうとする弥之助を呼び止めた。

「今日の商いは本所の方なのかい、それとも神田の方なのかい？」

「神田だよ！」

弥之助が大声で返してくる。

「じゃあすまないけど、豊島町の良仙先生に、すぐに馬喰町一丁目に来るように伝えておくれでないかい。太一ちゃんのおっかさんが病気なんだよ」

おたつの横に立った太一の肩に手を置いた。

「大変じゃないか……分かった、いの一番に寄ってみるから」

弥之助はそう言うと、棒手振り道具を担いで出かけて行った。

「お医師さまに診ていただきますからね。さあ……」

おたつは太一と一緒に馬喰町の長屋に向かった。

馬喰町は米沢町の目と鼻の先、それでも老いたおたつには息が切れる。

太一と母親のおさとが住む長屋に着いた時には、おたつは大きな息をついていた。

「母さん」

太一は家の土間に入るや、草履を蹴飛ばして部屋に上がり、荒い息を吐いている母親の枕元に座った。

「熱があるね」

おたつはすぐに、水瓶から水を金だらいに汲み取ると、自分の懐から手ぬぐいを取り出して水に濡らし、おさとの額に置いた。

おさとの体は震えている。熱が出たことによる寒さだと思った。

布団を探したが、余分な布団は無い。

「太一ちゃん、あんかはあるだろ？」

探しているところに、長屋の女房が布団を抱えて入って来た。

「ああ、太一ちゃんいたんだね。いつも朝早くからお鍋持って井戸端にやって来るおさとさんの姿が見えないもんだから、家の中を覗いてみると、おさとさん、熱で震えているじゃないか。この布団、使っていいから、掛けてやりな」

「ありがとうございます」

「おばあさんが来てくれたんだね。ほっとしたよ。おばちゃんも今から出かけなきゃならないから、どうしたものかと思っていたんだ」

女房は早口でそう告げると、上がり框に布団を置いて帰って行った。

おたつはすぐにその布団を、おさとに掛けてやった。

水を替え、額に当て……それを数回施したところに、

「ごめん」

良仙が入って来た。

「ああ、先生。頼みますよ」

おたつは、良仙に枕元を譲った。

「うむ……」

良仙は熱を診、脈を診て、顔色なども観察したのち、

「近頃流行《はやり》の風邪ですな」

呟くようにおたつに告げると、

「流行の風邪の特徴は、高い熱が出るのです。熱を下げるのがまず第一、それが生死を決めます。この風邪で死人も出ていますから、間一髪でしたな」

良仙は言いながら薬箱から調合してきた薬を取り出し、台所に立った。

おたつもすぐに台所に移動するが、

「おたつさんは側で見守ってあげて下さい、お薬は私が……」

良仙は言った。

「いいんですか、患者さんが待ってるじゃないですか」

おたつが気遣うと、良仙は苦笑して、

「おたつさんの素性を知っている私が、このまま薬だけ置いて帰れると思いますか」

良仙は小さな声でおたつに言った。

おたつも苦笑を返すと、おさとの枕元に座ったが、案じ顔で母の顔を見詰めている太一に、

「おっかさんの目が覚めたら、おいしいお粥を食べさせてあげたいんだけど、卵とネギはあるのかい？」

太一は、首を横に振った。

「じゃあすまないけど……」

おたつは懐から財布を出して銭を数えて取り出すと、

「卵とネギ、買って来ておくれ」

太一の手に渡した。


おさとが病を克服し、良仙からも太鼓判を捺されたのは一昨日、おたつはそこでひとまず馬喰町の長屋に通うのを止めた。

それまでの三日間、おたつは朝の仕事を終えると、おさとの長屋に顔を出していた。

時には粥を炊いて食べさせ、また時にはしる粉を作って食べさせるなどして、回復していくおさとの様子を見てきたのだ。

太一は長屋の女房たちが作ってくれた握り飯などを食べて腹を満たしてきたのだが、おたつが大福などを持参してやると、嬉しそうに食べていた。

そんな太一の姿を眺めながら、孫がいたなら、と我が身の人生を振り返ることもあった。

おたつは遠い昔、若い頃に一度結婚している。

だが姑とのおりあいが悪く、更に授かった子を失い、あげくに夫に女の影がある のを知って離縁を決意し、花岡藩現藩主の乳母として上がったのだ。

武家の妻女としての暮らしを捨てて生きてきたおたつには、ふっと寂しさが胸を過ることがあるのだった。

おたつが、つい人の世話を焼くのも、ただ正義感だけでなく、人との繋がりに心のより所があるからだ。

——さて……。

おたつは立ち上がった。今日は深川に家賃の集金に出向く日だ。

襟巻きを首に巻き、巾着を手に土間に降りようとしたその時、

「このたびはありがとうございました」

おさとが入って来た。病み上がりのためか、まだ顔色が白いように見える。

「良仙先生が熱が下がるまで診て下さいましたからね。良仙先生にお礼を言って下さい」

おたつは言って、おさとを座敷に上げた。

「倅の太一から、私が熱にうなされている時に、おたつさんには手厚い看病をして

いただいたばかりか、太一も大変お世話になったことを聞きました。お礼の申しようもございません」

おさとは改めて深々と頭を下げた。

「いいのですよ。困った時はお互い様です。太一ちゃんと会ったのもそうですが、倉田屋さんに仕立て直しを頼んだ人がおさとさんだったなんて、ご縁があったんです」

おたつはお茶を淹れて出してやった。

「おいしい……こんなおいしいお茶、久しぶりです」

おさとは、そのお茶を美味しそうに飲んだ。

おたつも茶碗を手に取り、ゆっくりとお茶を喉に流した。

そして大きく息をついたのち茶碗を下に置くと、

「おさとさん、太一ちゃんが、父が帰って来るまでしじみ売りをして母を助けるんだと言っていましたが、御亭主は今どこで暮らしているんですか……あなたたち母子の苦労を知らないのですか」

気になっていたことを尋ねた。

「そのことですが……」

おさとも茶碗を下に置くと、

「太一には本当の話を、真実を伝えておりません。おまえの父親は、事情があって遠くの国に出向いているのだと誤魔化してきましたが……」

少し下を向いて息を整えてから、

「実は、今日こちらに私一人で伺ったのも、これほどお世話になったおたつさんには本当のことをお話しなくてはと思ってのことでした」

顔を上げておたつを見た。

「他言はいたしませんよ。誰かに話せば担っている荷の重さも軽くなるかもしれません」

おたつがそう告げると、おさとは頷いて、

「まずは私の話からしなければなりません。私は昔、深川の茶屋で働いておりました。普通の茶屋ではありません。少し訳ありの茶屋です……」

おさとは、倉田屋の手代佐之助が話していた通りの茶屋の内情を説明し、そこではおはなと名乗っていたことを告白した。

そして、その店にやって来た小野拓馬《おのたくま》という侍と昵懇《じっこん》になったのだと言った。

拓馬は篠田藩から参勤交代で江戸にやって来た人で、おさとを妻にして帰国するのだと約束してくれたが、おさとは夢物語だと思っていた。

ところが拓馬は、定府の納戸役田村与兵衛という友人の実父に懇願し、おさとを与兵衛の養女とした上で妻に迎えてくれたのだった。

おさとは、拓馬に連れられて国に向かった。

拓馬の母松枝《まつえ》は、拓馬からの文でおさとのことは知らされていたが、やはり不安はあったようだ。

だがのちに拓馬から聞かされた話では、田村与兵衛の養女だということと、実際におさとに会って、人柄の良さを感じて、すんなりと受け入れることが出来たのだという。

むろんおさとは、茶屋勤めをしていたなどという話はしていない。その話は禁句だと拓馬から言われていたからだ。

やがておさとに男子が生まれた。太一である。

両親を早くに亡くして養女に出されて育ったおさとにとって、太一は何者にも代えがたい唯一血の通った肉親である。

――この子を幸せにすることが私の使命だ……。

太一を抱いて、おさとは誓った。

ところが、太一が四歳になった年のこと、突然小野家は不安に包まれる。

ある夜のことだ。夕食を終えて一息ついたところに使いの者がやって来た。

上役の徒頭《かちがしら》加藤《かとう》九郎兵衛《くろべえ》の中間《ちゅうげん》だと名乗った。

「旦那様がすぐに屋敷まで参るようにとのことです」

中間は、提灯《ちょうちん》の明かりの中で、難しい顔で告げたのだった。

「このような時刻に、いったい何事です」

姑の松枝は異変を感じて拓馬に言ったが、拓馬も知るよしも無い。

危急の用だと告げられれば従うしかない。

拓馬はすぐに支度をととのえ、加藤九郎兵衛の屋敷に向かった。

おさとは松枝と不安にかられながら拓馬の帰りを待った。

すると、四ツ近くになって、険しい顔をした拓馬が帰って来た。

「明日早朝出立する。支度を頼む」

拓馬は、おさとと松枝にそう告げたのだ。

「何があったのです。拓馬、正直に話して下さい」

松枝の強い言葉に促されて、拓馬は追っ手の一人に加えられたと言ったのだ。

おさとも姑も仰天した。

「誰への追っ手なのですか」

松枝が問い詰めると、

「それが、友人の木島鉄之助だ」

拓馬は苦渋の顔で言った。

木島鉄之助は、拓馬が江戸で多大な世話になった田村与兵衛の次男坊で、その田村家から国元の木島家に養子に入った人間だった。

幼い頃から拓馬と木島鉄之助は道場仲間、共に一刀流の幡多兵庫《はたひょうご》の門弟で、藩校も一緒に通った仲だった。二人は無二の親友なのだ。

だからこそ、木島鉄之助の実父田村与兵衛は、おさとを養女にしてほしいという拓馬の懇願を引き受けてくれたのだ。

「木島様が何をなさったとおっしゃるのですか？」

おさとは訊いた。

「普請奉行黒木弾正《くろきだんじょう》を斬ったというのだ」

「まことですか」

松枝も驚いて聞き返すが、

「これ以上は話せぬ。追っ手はあと二人いる。一年で討たねばならぬのだ。討たねば国には帰れぬ。一年で討たねば、家族への禄は無いものと思えと言われたのだ。こんな、こんな非情なことがあるのか……」

拓馬は激しく動揺しているようだった。

翌朝、おさとは松枝と拓馬を見送ったが、それ以来拓馬には会ってはいないのだと言う。

おさとはそこまで話すと、息をついた。その息は震えている。

おたつは頷いて言った。

「そうですか、そんな大変な事情があったのですか……」

「はい。一年経っても夫は帰ってまいりませんでした。一緒に追っ手として国を出たお二方も消息不明です。私たちは夫が家を出発してから一年後に国を出ました。

そしてこの江戸で暮らすようになったのです。お姑は拓馬さんを待って待って、待ちくたびれて病になり、先年亡くなりました。太一には、もう少し年を経てから、きちんと全てを話してやろうと考えているのです」

おさとは言って肩を落とした。

「おさとさん、御亭主や御亭主の友人の木島という人ですが、何か特徴を覚えていますか……背が高いとか低いとか、眉が濃いとか薄いとか……」

おたつは、おさとの顔を窺った。

おたつが知っている木島鉄之助が、追っ手に追われている木島ではないのかと思っている。

「私の知り合いには御奉行所のお役人もいます。十手を預かっている人もいます。私も集金で出歩くことがありますので、何か摑めるかもしれません」

おたつの言葉を受けて、おさとは少し考えたあと、

「私の夫も背が高いですが、木島さまも背は高いですね」

一度そう告げたのち、すぐに付け加えた。

「それに夫は、幼い頃に親指を火傷していて、その痕《あと》が残っています。少し皮膚が

引きつったようになっています」

六

おたつは翌日、再び柳原の船着き場に向かった。

空はどんよりと曇っていて、今にも雪が落ちてきそうな気配だった。

柳原の土手には、常に多くの小屋がけの店が軒を連ねていて、古着屋、下駄屋、小間物屋など、ここに来れば一通りのものが揃った。

声高に自分の店に呼び込もうとする声を振り切りながら、おたつは柳原土手に立った。

途端に神田川から吹き上げて来る風に襲われる。

おたつは襟巻きを合わせ直すと、土手の下に広がる河岸地を眺めた。

今日は一人も姿が見えない。普請場にも人の姿は無く、人足たちが使っていた道具もひとところに積み上げられて、護岸も綺麗に整備されている。

船着き場に船が繋がれているところを見ると、普請は終わって船着き場は稼働を始めたようだ。

木島鉄之助はもうここには来ていないだろうとは思っていたが、もう一度話を聞こうとやって来ただけに、おたつは少々落胆した。

引き返そうと踵を返すが、ふと柳の森神社境内で甘酒を売っているのが目の端を掠《かす》めた。

おたつは、柳の森神社に向かった。

「いらっしゃい」

綿入れの袢纏を着て、頬被《ほおかぶ》りをした五十がらみの男が、荷箱の側から立ち上がった。

「一杯下さいな」

おたつが注文すると、男はすぐに湯飲み茶碗に甘酒を入れて差し出して、

「十八文いただきやす。うちの甘酒は上等の砂糖を使っているんだ」

愛想の無い声だった。甘酒売りなのに体が冷えているのか、足踏みをしている。

銭を払って甘酒を受け取ると、おたつはひとくち飲んでから男に言った。

「こんな寒い日は大変だね」

すると男は、どんよりした空を見上げて、

「雪が降りそうだ。もう終いにして帰ろうかと思っていたところなんでさ。婆さん、おまえさんが最後の客だ」

男はそう言ってから、

「あっしも一杯、体を温めなくちゃぁ、やってられねえや」

自分も湯飲みを傾けて飲み始めた。

どうやら客待ちの時は、荷箱の側にしゃがんで、甘酒を飲んでいる様子である。

「すみませんね、足止めしちゃって」

おたつが笑うと、

「なあに、一杯でも軽くしなくちゃ重たくて体に堪《こた》えるんだ。それによ、鍋に残して帰れば女房がうるせえし……毎日残りの甘酒を飲んで腹はぱんぱんだ」

はっはっと男は笑ってから、

「そういう訳だから、婆さん、お代わりしてもいいぜ。おごりだ、遠慮はいらねえ」

なんだか太っ腹なことを言うものだと思って男の手元を見てみると、男が飲んでいるのは甘酒ではなく、酒のようだ。

「それはお酒でしょ？」

おたつが男の手元を指すと、男はしまったという顔で頭をぽんと叩いて、

「甘酒飲んだり酒飲んだり……甘酒だけじゃあものたりねえから」

美味そうに喉に流していく。

おたつは笑った。男も声を上げて笑った。

「それはそうと、この間まで護岸工事をしていたようだけど、もう終わったんですかね」

おたつは訊いてみた。もうすっかり二人は仲間意識だ。

「ああ、あれね。昨日で終わったんだ。こっちも商売あがったりさ」

おたつは笑みを返して、

「人足に交じって浪人も、もっこを担いでいたようだけど……」

「そうだった、文句もひとつも言わねえでよ、人足と肩を並べて、もくもくと働いていたな。銭が余程欲しいのか、あの旦那が甘酒を飲んだのはたったの一度切りだ」

「すると話をしたこともないんだね」

おたつは、飲み干した湯飲み茶碗を男に返した。

男は箱の中に湯飲み茶碗をしまいながら、

「いや、国の甘酒より、ここのが甘いと言っていたな。それでお国はどこですかと聞いたんだが答えなかった。だけども、国を追われてこのザマなんだと笑っていた。深い事情がありそうだったが、あっしが見る限り、あのご浪人は悪人じゃねえよ。あっしの見立ては、ドンピシャと当たるんだ」

男はしゃべりながら片付けを終えると、また顔をおたつに向けて、

「婆さん、婆さんは、どこかのご隠居だね。こんなところを一人でうろうろしていていいのかい。早く帰った方がいいぜ。いまごろ家の者が探しているかもしれねえぜ」

顔に似合わず優しい言葉をおたつに掛けると、酒でほてった頰でにっと笑って、天秤棒を肩に掛け、勢いを付けて二つの箱を担ぎ上げた。

「じゃあな、婆さん」

男は屋台の荷を担いで、ゆらりゆらりと覚束《おぼつか》ない足で帰って行った。

――ふう……。

大きな息をついて見送ったおたつは、

「こんなところにいたんですか」

岩五郎の声に振り向いた。

寒そうな顔で岩五郎が近づいて来た。

「岩さんこそどうしてここに？」

「うん、そこの船着き場の護岸工事をやっている中に、殺された徳兵衛の懐から財布を抜き取っていた男にそっくりの浪人がいる。当夜に財布を抜き取った浪人を見たと言っていた者が、そんなことを言い出したんだ」

岩五郎は護岸工事が終わった普請場を眺めて、

「遅かったな」

呟いて顔を顰《しか》めた。

「実は私も少し聞きたいことがあってやって来たんですが……」

岩五郎には伝えたいことがあると、おたつは柳原通り近くの蕎麦屋に誘って、これまで自分が関わってきた木島鉄之助にまつわる話をした。

その話の中には、おさとから聞いた篠田藩の事件や、追っ手となった亭主の小野拓馬のことも含まれている。

「この間岩さんの店で殺しの話を聞いたすぐあとに、お金を貸していた木島という浪人が返しに来たんです。私は木島鉄之助に疑いを持っていたのですが、万が一違っていたらと思いまして、岩さんには話してなかったんですよ。ところがその後知り合ったおさとさんから篠田藩での話を聞きましてね、木島鉄之助という侍が国から追われていたのだということを知りました。徳兵衛さん殺しにかかわる話もそうですが、ご亭主を待っているおさとさんと太一ちゃんのことを考えると、鍵を握っているのは木島じゃないかと思ったんです。それで、この渡し場でもっこを担いでいたという木島に会って、話を聞いてみようと思ったのです」

「さようでしたか……」

岩五郎は頷くと考えていたが、

「おたつさん、木島鉄之助は本所の妙徳寺で暮らしているのですね」

顔を上げておたつを見た。

「はい、そのように聞いていますが、本当に妙徳寺で暮らしているのかどうか、確かめた訳ではありませんから」

おたつは言った。

二人はまもなく蕎麦屋を出た。

そしてまっすぐ妙徳寺に向かった。

境内の木々のほとんどは葉を落とし、参道の奥のあちらこちらに見える吹きだまりには、枯れ葉が重なりあっている。

人の姿は見えず閑散としていて、一見無住寺かと思ったが、薪《まき》を割る音が聞こえてくる。

すると、奥の方から小僧が一人、こちらに向かって歩いて来た。

風呂敷包みを抱えているところをみると、使いで出かけて行くようだ。

短めの白い小袖に黒染めの上着、綿入れを身につけている訳ではなく足元は素足に草履だ。

いかにも寒そうだが、小僧は元気な足取りで近づいて来て、ぺこりと頭を下げた。

「ちょっと尋ねるが、こちらの寺に木島という浪人が住まいしているらしいが、どの辺りだね」

岩五郎は境内を見渡して尋ねた。

「はい、その方なら、この奥に庫裡がありますが、庫裡の左手に薪小屋があります。そこで暮らしています。今薪を割る音が聞こえていますが、そちらです」

小僧はそう言って、もう一度ぺこりと頭を下げると、門の外に出て行った。

「行ってみましょう」

おたつは言った。

確かにここに木島が暮らしていると分かり、俄に緊張していくのが分かった。

二人は薪割りの音を頼りに歩を進めた。

まもなく、おたつたちは小屋の前で薪を割っている木島鉄之助を見た。

小屋の前には小さな竈があって、そこに鍋が掛けられている。

木島は、その鍋を気遣いながら薪を割っているようだった。

おたつと岩五郎が歩み寄ると、木島はぎょっとして斧を持つ手を止めて迎えた。

「聞きたいことがあってね。私もそうですが、こちらは北町奉行所の旦那から十手を預かっている岩五郎親分です」

おたつが岩五郎を紹介すると、木島の顔が蒼白になった。

「おまえさんは篠田藩の木島鉄之助さん……違いますか」

木島は黙っておたつを睨んだ。

「おさとさんを知っているでしょう……小野拓馬さんのお内儀ですよ」

木島鉄之助の表情が、ぴくりと動いた。おたつは木島の表情を読みながら更に問いかけた。

「おさとさんは今この江戸で暮らしています。そして御亭主の拓馬さんの帰りを待っているのです。おまえさんの追っ手として国を出た拓馬さんがいまだに消息不明……拓馬さんがどうしてそうなったのか、おまえさんなら知っているのではありませんか。私が今日ここに訪ねて来たのは、そのことを聞きたいからです」

「………………」

木島鉄之助は目を逸らした。

「答えなさい！」

おたつは強い口調で言った。

木島は無言だ。おたつは更に問い詰める。

「おまえさんには答える責任がある。一度も拓馬さんと剣を交えたことはないと言えますか……拓馬さんと一緒におまえさんを追った二人はどうなりましたか」

木島鉄之助の顔が苦渋に満ちたその時、薪屋の戸がガタガタと音を立てて開いた。

「出て来るな！」

木島鉄之助が叫ぶが、薪屋の戸に縋《すが》るようにして、月代も伸び放題のやつれた顔の男が現れた。

「木島を責めないでくれ……」

男は叫ぶと、その場所に膝をついた。重い病に冒されているのは明白だった。

「拓馬！」

木島鉄之助は走り寄ると、その男を抱え上げて薪屋の中に入って行く。

「拓馬……」

おたつは驚きの顔で呟く。

そして岩五郎と顔を合わせると、木島たちが入って行った薪屋に踏み込んだが、おたつは息を呑んだ。

薪が積み上げられている部屋の隅に三畳ほどの板が敷き詰められ、二枚の畳が敷かれている。

その畳の一枚分に薄い布団が敷かれていて、木島は抱えてきた拓馬と呼んだ男を、ゆっくりと寝かせた。

そして慌てて表に走って行くと、外の竈に掛けていた鍋を持って戻って来た。

板間の隅にその鍋を置くと、驚いて見ているおたつと岩五郎に向かって言った。

「私は木島鉄之助、そしてこちらは小野拓馬です」

きっぱりとした態度は、これまでおたつが想像していた追っ手に追われている人殺しの姿ではなかった。

「二人は親友だったとおさとさんから伺いました。しかし、追う者と追われる者。その二人がこんな侘しいところで暮らしていたとは……何故です？」

おたつは、板の上に腰を据えて木島鉄之助の顔を見た。

七

「おたつさんが理解しがたい、そう思われるのは良く分かります。私は私の立場で、拓馬は拓馬の立場で、何故このような事態になったのかお話ししましょう」

おたつに問い詰められた木島鉄之助は、

「いずれ、こんな日が来る。そう覚悟しておりました」

観念した顔で、この事件の発端は何だったのか語り始めた。

「三年前のことです。私は当時、城下町の西方を流れる大川の護岸工事を行っておりました……」

木島鉄之助は、普請奉行黒木禅正の下で、監督推進の任に当たっていた。

木島鉄之助が一番心を配ったのは、藩の命を受けて田畑の仕事を中止し、普請に携わった百姓たちのことだった。

有無を言わさず駆り出された百姓たちは、一ヶ月間はまったくの手当てなしで護岸工事に就いたのだった。

ただし一ヶ月を超えると、一日に二百五十文の手当てを出すという約束だった。

江戸の大工なら一日五百文余の稼ぎがある。篠田藩の百姓たちには一日二百五十文が提示された訳だが、百姓たちにしてみれば銭を稼げるとあって納得して普請に携わってくれたのだった。

ところが、一ヶ月後に百姓に支払われている日当が、百五十文だと百姓たちが訴えてきて、木島鉄之助は実情を知ることとなったのだ。

そこで調べてみると、黒木奉行の命令だったと会計を預かる者が告白したのだ。更に深く調べてみると、黒木奉行は日当二百五十文のうちの百文を、自分の懐に入れていることが分かった。

木島鉄之助は困惑し、苦しんだ。このままでは百姓たちが護岸工事に従事してくれるかどうか心配だったのだ。

案の定、百姓たちの中心人物だった豊三という男が、木島鉄之助に申し出た。

「このままでは普請に従事するのは無理だ。ただでさえ田畑の仕事を犠牲にしている。約束の手間賃を出さねえというのなら、今日限り普請に従事しねえ」

当然の訴えだった。

そこで木島鉄之助は、奉行に改善するよう進言したのだ。

だが、黒木奉行は聞く耳を持たなかった。

木島鉄之助は、黒木奉行不正の書類をつきつけた。

ところが黒木奉行は、その罪を木島鉄之助になすりつけようと画策したのだ。

堪忍するのもこれまでだと、木島鉄之助は江戸にいる殿に訴文を送ろうとした。

だが黒木奉行は、訴文を取り上げ、木島鉄之助を普請方から外そうとした。

――自分が普請方から抜ければ、百姓たちは一層理不尽な搾取に遭う……。

いかにしてこの難局を打開するか、重い足取りで帰路についたが、思い直して再び黒木奉行に談判しようと向かったところ、

「役立たずめ！」

黒木奉行にそのように罵られ、冷笑を送られて、とうとう抑えていた怒りの袋が破裂したのだった。

木島鉄之助は、黒木禅正を斬った。

そして妻には離縁を伝えたが、妻は、

「わたくしがあなたでも、同じ振る舞いをしたと思います。木島家のことは御懸念なく。わたくしはあの世まであなたの妻です」

きっと逃げ延びて下さいと、それまでわたくしも生きてあなたを待っていますと妻は木島を送り出したのだった。

「うっ……」

そこまで冷静に話していた木島鉄之助が、言葉を詰まらせた。あふれてくる感情を、必死に抑え込もうとしているようだった。

おたつと岩五郎は見守った。余程のことが妻にあったのではないかと思われた。

「木島の内儀は……」

それまで黙って聞いていた小野拓馬が、体を起こして口を開いた。

「私が聞いていた話では、組屋敷を取り上げられて、菩提寺の和尚のもとで暮らしているということだったが、その後私も、国の誰とも交流が無い。元気に暮らしていることを祈るばかりだが……」

案じ顔の拓馬である。

すると木島鉄之助が、

「私が、妻の一生を台無しにしたのだ……」

拳を作った両手で膝を握りしめる。木島は感情を懸命に抑えながら、

「この江戸で暮らす実父の方も、お役御免になって家禄も半減、兄が跡を継いでいるようだが今や平役。いかに卑劣な奉行だったとはいえ、自分の感情を抑えられなかったばっかりに、多くの人を不幸にしてしまった」

顔を上げて、おたつに訴える。

「もはや生きている価値はない。いや、生きているのが罪だ。自刃を考えていた時、

拓馬と会ったのだ」

「それじゃ二人が顔を合わせたのは、つい最近のことですか？」

おたつは少し驚いている。

もう追われ追う関係になって三年も経っているのだ。

「いや、二度目だ。以前に一度会っている。その時は刀を交えることもなかったのだが、今回ばかりはと身構えたところ、拓馬は病に冒されていた。斬り合う力なぞ無かった。その時から私は、拓馬を元の体にしてから我が身の始末をする。そう決心したのだ」

木島鉄之助の言葉に嘘はないとおたつは思った。

「すると、拓馬さんが鉄之助さんに会ったのは、三年近くの歳月が過ぎたあとだったということですか……」

おたつは少し驚いていた。

拓馬が木島鉄之助を斬って帰国するのを待っていたおさとたちは、一年経ってもその報が無く、ついには国を出なければならなかったのだ。

「いや……」

拓馬は首を横に振ってから、

「鉄之助の姿をつきとめたのは、国を出てから半年ほど経った頃だった……」

拓馬は言って、すぐに激しく咳き込んだ。

「拓馬……いい、俺が話す」

木島鉄之助は拓馬の背中を撫でながら制するが、

「いや、大丈夫だ」

拓馬は労る木島鉄之助の手を押しやった。そして青白い顔をおたつに向けると、

「鉄之助を見付けたのは東海道の岡崎宿だった。鉄之助は宿外れの木賃宿に泊まっていた。ご存じだと思うが、岡崎の宿は東海道でも一番の賑わいをみせている宿だ……」

おたつは頷く。

おたつも殿様の参勤に伴って、岡崎城下の宿場に泊まったことは一度や二度ではない。

国に帰れぬ正室の代わりに、国元にいる側室の様子を見るためだった。

おたつは気乗りがしなかったが、正室に頼まれれば嫌とは言えない。正室は奥の主だからだ。

参勤交代も女の足では厳しい旅だったが、道中の宿場町に宿泊するのは楽しみの一つだった。

特に城下町の中にある宿は賑やかだ。

岡崎の宿はその典型で、徳川家父祖の地であり、城の北面に通した東海道を大いに利用して、宿を通行し、宿泊する旅人から多額の金子《きんす》を得ているのは間違いなかった。

なにしろ宿場町になっている町の長さは東西三十六町五十一間（およそ四キロ）だ。

東の入り口の投町《なぐりちょう》から始まって西の出口の松葉町まで十町が宿場になっている。

しかもこの城下の道筋の特徴は、南側にある岡崎城を外敵から守るために、二十七曲がりと呼ばれるような複雑な形を成していて、本陣、脇本陣も三軒ずつ、旅籠《はたご》は百二十軒と、その旅籠の大きさと行き交う人の多さは東海道一といえる。

その宿場に足を入れた拓馬は、他の追っ手二人の佐久間多七《さくまたしち》と根元七郎《ねもとしちろう》と話し合い、三手に分かれて旅籠をくまなく捜すことにしたのである。

これまでにも宿場町に入ると、ひとつひとつの旅籠を三人は探索してきたのだが、この岡崎の旅籠に入った時、拓馬の胸には嫌な予感があったのだという。

――鉄之助、姿を見せないでくれ……逃げてくれ……。

常に遭遇しないことを祈っている拓馬だ。

なにしろ拓馬とおさとは、木島鉄之助の実父田村与兵衛のお陰で結ばれている。木島鉄之助は、恩ある人の倅である。しかも無二の親友だ。

そんな人物に刃を向けろという上役加藤九郎兵衛を、心の中では恨んでいた。

とはいえ加藤九郎兵衛が、拓馬夫婦が木島鉄之助の実父から恩を受けているなどということはむろん知らない。

――しかし、鉄之助を討たねば妻子のもとには帰れない。

もんもんとする拓馬を見て、拓馬の事情を知らない二人は、

「貴様、ずっと国を出る時から見ていたが、このお役に不満があるのか……」

厳しい問いかけをされることもあった。

三人の探索は三日にわたって行われたが、最後に木賃宿を調べた時に、とうとう

木島鉄之助が逗留しているのを掴んだのだった。

「宿場町では不味《まず》い。矢作橋《やはぎばし》の河岸地に呼び出そう」

佐久間多七は言ったのだ。

拓馬は覚悟をするしかなかった。

斬るか斬られるかしか、決着のしようがないのだ。

刀を交えれば、一番強いのは鉄之助だ。その次は自分だと拓馬は思っている。

佐久間と根元は同じ道場ではなかったから、その腕は知らないが、おそらく鉄之助に勝てる腕ではないと考えている。

三人が力を合わせれば鉄之助に勝てるだろうが、それも想像の域だ。

その日の夕刻、木島鉄之助を呼び出した三人は、矢作橋の下に広がる河岸地で待った。

矢作川に架かるこの橋は、長さが二百八間（三百七十八メートル）あるらしく、橋の杭が七十本、まるで櫛の歯が川面に突き刺しているように見える。

しかも弓なりになっていて、太陽が西の空に移動し、空が茜《あかね》に染まり始めると、この橋も赤い帯に包まれるように染まった。

美しい光景だったが、その美しさの中に表現しがたい不安なものを拓馬は感じていた。

木島鉄之助は、茜に染まった橋を渡って河岸地に降りて来た。

「気の毒だが命を貰う」

佐久間の言葉で、双方一斉に刀を抜いた。

木島鉄之助は、一人一人誘い込むように、砂を蹴って走った。

「待て……」

佐久間が追っかけたが、鉄之助は突然止まって、まだ体勢を整えていない佐久間の頭上に斬りつけた。

「うわっ」

佐久間は額を斬られて横転して果てた。

次に根元に飛びかかった鉄之助は、その刃を払い、斬り込んだ刀を打ち落として、袈裟懸けに斬り下げた。

「ああっ」

根元もなんなく斃《たお》れたのだ。

「どうする、おぬしもやるのか……」

鉄之助は拓馬に剣先を伸ばしてきたが、そのままの姿勢で、一歩二歩と後ろに下がり、一間半の間を置いたところで、くるりと踵を返して走り去ってしまったのだ。端《はな》から拓馬が、自分と斬り合うとは考えていなかったようだ。

対峙しても尚、迷っていた拓馬の心を、鉄之助は読んでいたのだ。拓馬は二人の遺体の処理をして、遺髪と共に報告書を国に送った。

討ち死にした二人の家禄は守られる筈だ。辛い報告だが、二人の家族が今後も守られることだけを願ってのことだった。

「それからの私はまったく戦意を失いました。ただ街道筋を放浪していたのです」

拓馬はそこまで話すと、改めておたつと岩五郎を見て、

「ところがこの江戸で半年前にばったり鉄之助と会ったのです。私はもう病んでいて、鉄之助に殺されても悔いはないと思っていました。ですが刀を抜き払った時咳き込んだものですから……以後こうして鉄之助の世話で生き延びてきたのです」

話し終えた拓馬は、また咳き込んだ。

鉄之助が慌てて拓馬の背を撫で、水を汲んできて口に含ませる。生と死の世界を

互いの姿に見続けてきた二人が、世の中に見捨てられた場所で生きているのだった。

「よく分かりました。拓馬さんは私の知り合いの医者に診てもらいましょう。ただ、木島鉄之助さん、おまえさんについては、ひとつ確かめたいことがあるんです。そのために岩五郎親分と一緒にここにやって来たんですから」

厳しい顔を鉄之助に向けた。

するとそれを待ってたように岩五郎が、

「旦那、十日前のことだが、堀端で日本橋の蠟燭問屋の徳兵衛という人が殺されて財布を抜き取られたんだが、抜き取るところを見た者がおりやしてね、どうもそれが旦那に似ているんじゃやねえかと……」

じっと鉄之助の顔を見た。

「鉄之助……」

不安な顔で拓馬が鉄之助を見る。

「私に返しに来たあの金一分、あのお金は徳兵衛さんの懐にあったものじゃないのかね」

今度はおたつが訊いた。

鉄之助は黙っている。

「その腰の物も、盗み取ったお金で質から出してきた……そうなんだね」

おたつは畳みかける。

「確かに……」

鉄之助はようやく口を開いた。

「確かにあの金は、その徳兵衛という者の財布から拝借したものだ」

「鉄之助！」

拓馬は驚いて鉄之助に顔を向けるが、

「私のために、すまない……人殺しまでするとは」

苦渋の顔で言った。

「いや、俺は殺しはしていない」

鉄之助はきっぱりと言った。

「じゃあ誰が殺したと？」

問いかける岩五郎に、

「それは知らない。知らないが金に困っていた私は、思わず懐に手を入れてしまったのだ」

殺しを否定した鉄之助に、

「そうですかい……殺していないが懐の物は盗った。そういうことですね。だったら当夜のことを話してもらいましょうか。何故旦那はあそこに行き合わせたのか……自分が殺《や》ってないとおっしゃるのなら、誰か下手人らしい人間を見ているのかいないのか……」

言葉は丁寧だが、険しい顔付きで岩五郎は質問を重ねていく。

「殺しは見ていない。本当だ。盗みは働いた。だがもうこれでなにもかもお終いにしたい。拓馬を医者に診せてくれると今おたつさんが言ってくれたからな。私の役目は終わったのだ。親分、番屋でもどこでも連れて行ってくれ」

木島鉄之助は、両腕を岩五郎の前に差し出したのだった。

八

岩五郎が木島鉄之助を本所の番屋に引き連れて行ったのち、おたつは道喜の診療所に拓馬を運び込んだ。

「私はいい。鉄之助が金を盗んだのは私のためだったことは間違いない。その鉄之助が番屋に連れて行かれたのに、私だけが手厚い治療を受けてよいのか……」

拓馬は最初は悩んで訴えていたが、

「拓馬さん、私は矢作橋で何故おまえさんが木島鉄之助さんに討ってかからなかったのか……と疑問に思っています。仲間二人が殺されたと聞きましたが、二人と息を合わせて斬りかかっていたなら、いかに木島鉄之助さんが剣に長けていると言っても、無残にも二人が犠牲になったままで終わってはいないと思うんです。拓馬さん、おまえさんも斬られたか傷を負ったか……また木島鉄之助さんもおまえさんに斬られたか傷を負ったかしていた筈なんです。それを、結局剣を交えぬまま別れたのは、おまえさんの胸にずっとあった、逃がしてやりたい、闘いたくない、そういう気持ちがあったからではありませんか。そうだとしたら、矢作橋の決闘で、おまえさんが木島さんの父上から受けた恩は返した筈……だからこそ木島さんは、最後はおまえさんのために生きていこうと考えたに違いないんです。ここまできたら、拓馬さん、おさとさんと息子さんのために生きてみてはいかがですか」

おたつの心のこもった説得に、拓馬は頷き、道喜の治療を受けることになったのだった。

ただ、担ぎ込んだ拓馬の体は汚れと衰弱が酷く、ざっと診察した道喜は、おたつを別室に呼んで、

「おたつさん、私の診立てでは、長期にわたる過酷な暮らしで、労咳《ろうがい》の兆しがあるようです。他の臓器も弱っているし、むろん足腰も弱っている。治療はしてみますが、すっかり元の体になれるのかどうか保証はできません」

難しい顔でそう告げたのだった。

「分かりました。おまえさんの診立てでそうなら間違いはありますまい。多忙は承知でお願いします。良仙先生にお願いしょうかと思ったんですが、この間拓馬さんのお内儀の治療をしてもらいましたので、それでこちらに運んで来たのです」

おたつは、今や道喜は、花岡藩の奥医師となって多忙は承知の上で拓馬を連れて来ているのだ。

「ご安心を……おたつさんのお陰で今や弟子も二人いるいっぱしの医者にしていただきました。狭いですが空き部屋はありますから、そちらで足腰が回復するまで、

この治療院が預かります」

道喜は笑って言った。

金が無い、患者が一人も来ないと泣き言を言っていたとは思えぬ自信満々の道喜であった。

拓馬は道喜の弟子たちの手で体を拭いて綺麗にしてもらい、衣服もおたつが買って来た古着に着替え、髪は髪結いを呼んで、洗髪をしたのち月代も剃り、結い上げた。

「おたつさん、しらみがたくさんいましたよ。今時あれだけのしらみを見たのは初めてです」

などと髪結いは笑って言っていたが、おたつは手間賃を弾んで詫びたのだった。

すっかり見違えるような姿になった拓馬は、それだけで少し元気になったようだった。

そして粥を食べ終えたところに、おさとと太一がやって来た。

「あなた……」

おさとは部屋に入って来るなり、もう涙を目に溜めている。

「おさと……太一……」

拓馬も体を起こして二人を迎えた。

「岩五郎親分さんに、これまでのこと、伺いました。さぞかし……さぞかし」

おさとは声を詰まらせる。

太一も目を見開いて父を見ていたが、

「こちらへおいで……」

拓馬が手を差し伸べると、近づいて行儀良く座った。

「父上……」

太一の第一声だった。

「苦労を掛けたな、太一」

拓馬が太一の手を握ると、

「おばばさまは亡くなったんだ。母は夜も寝ないで内職をして……おいらにはどうしてこんな暮らしをしなきゃならないのか分からなかったんだ。父上は、どんな悪いことをしたんだよ」

太一は責めるような口調で問いかける。

「悪いことなんてしていない。信じてくれ」

拓馬は言った。だが、

「信じられないよ。何も悪いことをしていないのに、どうしてこうなんだ。母は侍の子だということを人に知られないようにと、おいらに言っていたんだけど、国を追い出されたんだぜ……」

太一の語気はだんだんと強くなる。

「太一……」

おさとが見かねて声を掛けたが、

「おいらはもう、子供じゃないんだ。ちゃんと話してくれなきゃ分からないよ！」

太一は立ち上がると、表に飛び出して行った。

「太一！」

後を追おうとしたおさとを、おたつは制して、

「甘えたいのに素直に甘えられないのですよ。親に一番甘えたい時に、父親はいなくなり、祖母は亡くなり、母は内職で忙しく、おまけに貧しい暮らしの日々。太一ちゃんは母を助けたいと、ずっとしじみ売りをしてきたんだから……辛くても怒りをぶつけるところもなかったんだから」

おたつはそう言って立ち上がった。

「大丈夫、連れて帰って来るから……」

夫婦二人を部屋に残して外に出た。

太一は診療所の外を流れる掘割を、冷たい石の上に腰掛けて眺めていた。風が渦を巻いて吹き抜けていく。

「太一ちゃん」

おたつが背後から声を掛けると、太一は掌でぐいっと目を擦ると、立ち上がって振り返り、おたつを見た。

「何も言わなくてもいいんだよ」

ゆっくりと近づいた。幼い太一には、この数年間は大変だったに違いない。その感情を正確に伝えられないもどかしさに、つい外に飛び出したに違いないのだ。

「おたつ婆さん！」

太一が走って来て、おたつの胸に飛び込んだ。

「分かっているから……さあ、中に入ろう、ここは寒い」

うっうっと泣く太一の頭を撫でながら、鉄之助や拓馬の話が本当なら篠田藩という国は、腐敗した国ではないか。

家臣の命をなんと心得ているのかと、俄に怒りが胸を覆った。

その頃本所の番屋では、岩五郎が深谷辰之助と木島鉄之助に向き合っていた。

辰之助は岩五郎がかつて十手を預かっていた深谷彦太郎の倅である。

まだ定町廻りの見習いで、同心としてはおぼつかないところがあり、父親の彦太郎が、

「岩五郎、俺とおまえとは三十年という長い付き合いだったな」

しみじみと言ったことがあって、

「へい、あっしは旦那から十手を預かり幸せでした」

岩五郎が答えると、

「それは俺も同じだ。おまえさんの働きのお陰で、わしは無事に定町廻りとしてのお役目を送れたと思っている。ただ……」

彦太郎はそこで一度言葉を切ると、

「俺が隠居したのと同時に、おまえもかみさんの手伝いをするのだとかなんとか言

って十手持ちを辞めてしまったが、どうも倅のことが気になってしかたがねえ。俺は体が言うことを聞かなくなったんだから仕方がねえことなんだが、毎日あいつの帰りを待って『今日は少しは役に立ったのか』『おまえも早く手柄を立てなきゃな。そのためには、歩いて歩いて雪駄を履きつぶすほどに探索をすることだ』『犬も歩けば棒に当たる、そう言うじゃねえか』などと叱咤しておるのじゃが、心配が消える訳じゃない。まことに親馬鹿だと思っていても安穏とはしておれぬ。そこでじゃ。ものは相談なんだが、すまないがしばらく倅に付き合ってくれないか。おまえさんが一緒なら俺も安心していられる。隠居らしく暮らせるというもんだ」

そんなことを岩五郎は彦太郎から並べられて嫌ともいえず、

「それじゃあしばらく、自信がつくまでお手伝いいたしやす」

ついに彦太郎の説得に負けて、つい最近だが辰之助から十手を預かっているのである。

この日も、いよいよ徳兵衛殺しが動くかもしれないと辰之助を引っ張り出して、こうして木島鉄之助の聞き取りをしているのだった。

「あの日の夕刻、米沢町の口入屋『相模屋』の主に呼ばれて出向きました。数日前に、さる隠居の供をして六地蔵を回ったのですが、その時の手当てを貰ったのです。金二分、これで二十日は食えるが、薬代のことを考えると心もとない暮らしに変わりはない。ひさしぶりに、拓馬が好きな羊羹を買って帰ろうと思いまして、小伝馬町の『ききょうや』に行きまして羊羹を買いました」

　鉄之助は覚悟をした顔で告白を始めた。

「その時の時刻は？」

　岩五郎が訊く。

「六ツの鐘が鳴り始めたところでした。しかし、羊羹を買って帰ろうと思ったのですが、酒を飲みたくなったんです。体が冷えていたからだが、あの薪小屋の病人の前では酒は飲めぬ。そこで小伝馬町の三丁目だと思うが、『おたふく』という店に入ったのだ」

　鉄之助は淡々と告白していく。

　木島鉄之助はその店で四半刻ばかりいただろうか。

　周りにいた客たちが、楽しそうに談笑し、或いは声を上げて笑い合って飲んでいる姿を見ながら、

――ああ……あんなくったくのない日も、昔はあったのだと……。

郷愁胸に迫るものがあり、酒を呷った。

深酒は禁物だ。まもなく鉄之助は店を出て帰路についた。

ところが神田堀に差し掛かった時だった。

薄闇の中に斃れている者がいる。近づいて覗いてみると、商人が仰向けに寝ている。

「おい、おい……」

肩に手を掛け呼びかけるが、商人は既に死んでいた。

はっとして手を引いた鉄之助は、その目の端に、商人の懐から財布がわずかに覗いているのが見えた。

鉄之助は、思わず辺りを見渡した。

既に夜のとばりはおりて月の光も弱く、人影も無い。

思わず商人の懐に手が伸びた。

財布を摑んで、すとんと袂に落とした鉄之助は、急ぎ足でその場を離れたのだった。

鉄之助はそこまで告白を終えると、懐から財布を出して置いた。

「これが、抜き取った財布だ」

印伝の財布だった。

岩五郎は取り上げて見る。そしてすぐに辰之助の手に渡した。

「名入りだな」

辰之助が言った。

財布の角に『徳』という彫りが入っているのだ。

「いくら入っていたのだ？」

辰之助が質すと、

「五両と一分金一枚、一朱金二枚、銭は入っていなかった」

鉄之助は答えた。

辰之助は財布の中を確かめる。

「三両と一朱金二枚、銭が百文銭一枚か……すると、差額はおぬしが使ったのだな」

鉄之助は頷いてうなだれた。

辰之助は、鉄之助が認めたのを確認して更に質問を続けていく。

「おぬしは財布を抜き取ったのを見られている訳だが、殺しはしていないという。では訊くが、殺しをした奴を見ていないのだな」

「知らぬ」

鉄之助はそう答えて、しばらくじっと考えていたが、はっとした顔で、

「殺しは見ていないが、あの辺りですれ違った男がいたが……」

と言った。

「何だって」

思わず岩五郎は声を上げた。そして、鋭い目で鉄之助を見たその時、

「商人だった」

鉄之助は言った。

「どんな男だったのか……背丈とか、人相とか」

岩五郎はせっつくように訊く。

「背は高くも低くもなく記憶に無い。歳は私より上だったと思う。そうだ、襟巻きを直しながら通り過ぎたが、その襟巻きは黒だったと思う。顔は、はっきりと見た

訳ではないから分からぬ」

鉄之助は、一つずつ思い出しながら言った。

岩五郎は辰之助と顔を見合わせると大きく頷いた。

九

岩五郎が、蠟燭問屋の徳兵衛が、あの晩誰と、どこの料理屋で飲んでいたのかを知ったのは、翌日のことだった。

それは『蔦屋』という下川原同朋町《どうぼうちょう》の料理屋だった。辺りは船宿が多い場所だが、この店は料理専門の店だった。

集まっていたのは蠟燭問屋仲間で、本所の『寺田屋』四郎兵衛《しろべえ》、神田通り新石町《しんこくちょう》の『篠田屋』勘七《かんしち》、高砂町の『千國屋』与兵衛《よへえ》。共に中堅処の店の主で、四十前後の働き盛りの男達だ。

「はい、確かに四人でいらっしゃいまして、離れがあるんですが、そちらの座敷で、お料理とお酒を召し上がりました」

女将はそう言って、

「でもあの晩、徳兵衛さんが殺されたんですね」

顔を曇らせて岩五郎の顔を見た。

「その座敷を見せてもらいたい。ああ、それから、その晩に四人の座敷をとりもった仲居にも話を訊きたいんだが……」

辰之助は女将に言う。すると女将は、

「しばらくお待ちを」

そう言って奥に引っ込んだ。

岩五郎と辰之助は、蔦屋の玄関を見回した。

落ち着いた雰囲気で静かだった。時折奥から音が聞こえてくるが、声を落としたやりとりで、この店に入っただけで気持ちが落ち着く、そんな店だと思った。

まもなく女将は、中年の仲居を連れて出て来た。

「ご案内して……」

女将はそう仲居に告げて、岩五郎たちに頭を下げると、奥に引き揚げて行った。

岩五郎と辰之助は、仲居に案内されて離れの座敷に入った。

六畳の客間だが、窓を開けると神田川を荷船が航行しているのが見えた。

「ほう……いい眺めだな」

辰之助が窓の敷居に手をついて外を眺める。

「蠟燭問屋の寄り合いも、ずいぶん前からこのお店で行っていらっしゃいます。徳兵衛さんたち四人の旦那方も、寄り合いとは別に、いつもこの部屋をお使いになっていまして」

仲居はそう言った。

「そうか、ここの常連だったのだな」

辰之助が部屋の方に体を向けて仲居に尋ねる。

「はい、あの四人の方は、なにしろ同業者ですし、お歳も似たような方たちばかりですからね」

「で、あの晩のことだが、四人の間で諍《いさか》いがあったとか……そういうことはなかったのかね」

岩五郎が訊く。

「諍い、というほどのことではありませんが、ちょっと普段とは違った雰囲気の時がございまして……」

「違った雰囲気……」

辰之助が聞き返すと、

「本当はこんなことを申し上げては、お客様の信用を失いますから、お店の中であったことを外部の方に漏らすことはいたしませんが、徳兵衛さんが殺されたとあっては、致し方ないことですから申します」

仲居は困惑気味だった。岩五郎たちに断りを入れてから、

「徳兵衛さんと、四郎兵衛さんの間で、ちょっと険悪な雰囲気だったことがあるんです」

岩五郎の顔が俄に険しくなった。

「楽しそうにお酒を交わしていたんですが、突然四郎兵衛さんが、おまえが諦めてくれれば済むことだ、そう言ったんです。それも、険しい声音で……私はびっくりしたのを覚えています」

辰之助も険しい顔で耳を欹《そばだ》てている。仲居は一拍置いてから話を続けた。

「そしたら徳兵衛さんが、おまえが引け、そう言って返しました。その時の徳兵衛

さんの顔は、四郎兵衛さんを睨み付けていました。するとまた四郎兵衛さんが、おまえさんには女房殿がいるではないか、そう言ったんです。そしたらまた徳兵衛さんが、口惜しかったら腕尽《うでず》くでとってみろ、そう言ったんです」

岩五郎も辰之助も、じいっと聞いている。

「でもそこで、勘七さんと与兵衛さんが二人の間に入ったことで、険悪な雰囲気も和らぎました。更に四半刻は皆さん飲んでいらしたと思うのですが、私がはらはらするようなことはありませんでした」

仲居は話し終わると、緊張をほぐすように、大きくため息をついた。

「それで、皆、歩いて帰ったんですな」

岩五郎が尋ねると、仲居は頷いた。

仲居への聞き取りはそこまでと、二人は部屋の外にいったん出たが、岩五郎は慌てて、

「そうだ、もうひとつ聞いておきたい。黒い襟巻きをしていたのは、どの旦那だね」

うっかり忘れるところだったと仲居を振り返った。

「襟巻きですか……たしか勘七さんはしていなかった、与兵衛さんはしていたけど

茶色……黒の襟巻きは四郎兵衛さんです」

仲居はきっぱりと言った。

「で、四人は駕籠で帰ったのかね」

「いえ、皆さん歩いてお帰りになりました」

仲居はすらすらと返事をした。

「ありがとよ」

岩五郎たちはそれで店を出た。

「岩五郎、四人のうち、店で徳兵衛とやりあっていた四郎兵衛の店は本所だ。その四郎兵衛が家に戻る道ではなく、徳兵衛を追っかけていたとしたら……」

辰之助が言った。


二人は翌日、徳兵衛が殺されていた神田堀に向かった。

その場所というのは、小伝馬町三丁目と馬喰町一丁目の境を流れる堀だ。この堀は更に南に流れて浜町堀となると堀の幅は何倍もに広くなる。

「ここだな……」

岩五郎は立ち止まって、掘割に沿った道を見渡した。

徳兵衛が殺された辺りには、普請用の板が立てかけられていて、見通しが悪かった。

「親父さん、鉄之助が財布を抜き取っていたのを実見した者は、この近くの者だったな」

辰之助が言って辺りを見渡した。

「そうです。この近所に住む老婆です」

「なんとか殺しを実見した者を見つけ出したいものだな」

「巳之助と勘助に昨日からこの辺りを聞き取りさせていますから」

岩五郎は言って、徳兵衛が倒れていたと聞いた場所に腰を落とした。

その場所には、まだ血糊の跡が黒ずんで残っている。

その先にはまだ枯れ草が密集し、更にその先は河岸地になっていて、船の荷物の揚げ場になっている。

「降りてみましょう。何か下手人に繋がるような物が落ちているかもしれねえ」

岩五郎は辰之助と、船着き場に向かった。

だが、辺りを見渡したが、下手人に繋がるような物は落ちてはいなかった。

荷物を運んで来た空船が流れに逆らって揺れていたが、変わったことは何もなかった。

「無駄足だったか……」

引き返そうとしたその時、積み上げられた薪の束の中から、ひょいと男が立ち上がった。

「何をしている」

辰之助が声を掛けると、

「船の中よりこっちの方が寒くねえんだ、昼寝をしていたんだ」

「おまえはいつもここに荷を降ろしているのか？」

「へい、毎日運んで来ておりやして……」

男は頭を掻いて、辰之助の顔を見上げた。

「そうか、じゃあこの間、土手の上で殺しがあったのは聞いているな」

「へい、ですが、あっしがここに荷を運んで来るのは昼間ですから、人から聞いた話でさ。旦那、殺しは辻斬りですかい……それとも殴られておっちんじまったんですかい」

男の顔は興味津々だ。

「胸を刺されて死んだのだ。匕首か包丁か」

「匕首か包丁ですかい……」

男の顔色が変わった。

「どうした……何か知っているのだな」

岩五郎が険しい顔で問い詰めると、

「いえ、あっしじゃねえんだ。同じようにここに荷を降ろしている男がいるんだが、この間、あの水際で光る物を見つけたって取り上げたら匕首だったたって言っていたな」

「何……」

険しい顔になった辰之助は、

「よいか、その者に伝えてくれ。その匕首は人を刺したものかもしれないのだ。本所の番屋に届けるように。急いでだ」

男に百文銭を握らせた。

「ありがてえ」

男は慌てて船を出すと川下に向かって漕いで行った。

「親分！」

土手の上で巳之助と勘助が呼んでいる。

二人の側には見知らぬ女が立っている。

岩五郎と辰之助は、急いで土手の上に上がった。

「親分、このひとはおみよさんという三味線の師匠なんですが、あの夜、出稽古に行った帰りに、言い争っている男を見たというんです」

巳之助が説明すると、おみよという女は軽く頭を下げたあと、

「殺すところまでは怖くて見ていないんですけどね、関わりになるのが嫌だったから、すぐにここから離れましたが、手を引けとか引かぬとか言っていましたよ。どうせ女の取り合いだろうと思いましたけどね」

すらすらと話した。

「顔は見ていないのか？」

岩五郎が尋ねてみるが、女は首を横に振って、

「私は提灯を持っていましたが、むこうは二人とも持っていなかったようですからね。そうそう、一人が相手の襟巻きを握って首を引き回そうとしていましたよ。ほんと、おそろしくて、逃げるように離れましたからね」

その言葉を聞いた岩五郎は、大きく頷き、

「襟巻きをしていたんだな」

おみよに聞き返す。

「ええ、あっ、そうそう、襟巻きを摑んでいた男の方が、『シロベエ、おまえは』って叫んでいましたよ」

「まことか、シロベエと言ったのだな」

念を押した辰之助は、興奮した目で岩五郎に頷いた。

十

その頃おたつは、芝三田にある篠田藩の上屋敷を訪れて、定府の田村与兵衛に会いたい旨門番に伝え、腰掛けに座って待っていた。

篠田藩は三万五千石、おたつが奥を預かっていた花岡藩とさして変わらぬ石高だ。大藩でも近頃では台所は赤字続きで苦しい時代。まして三万五千石なら尚更のこと。

鉄之助がおたつたちに話していたような藩内の不正があってはならない筈だ。ところが篠田藩は不正を罰することもせず、咎めもせず、不正の張本人を義憤にかられて刀で罰した家臣に、三人の追っ手を出して抹殺しようとしたのである。

四人の若い藩士がこの事件に関わったようだが、一人として幸せになった者はいない。

余所者が口を挟むことではないが、せめて鉄之助の実父に伝えてやりたいことがある。

鉄之助が町奉行所に捕らわれていることが篠田藩に露見すれば、藩に引き取られて殺されるか、あるいはもはや藩士ではないと関わりを拒絶され、そうなると町奉行所によって八丈島に流されるだろう。

おたつが篠田藩を訪ねたのは、そんな切羽詰まった状況にある鉄之助の現状を、鉄之助の父親に伝えてやりたいと思ったからだ。

どれほど待っただろうか、温石《おんじゃく》のあたたかさも頼りなくなった頃に、

「おたつさんですか？」

若い侍がやって来て尋ねた。おたつが頷くと、

「私は田村正太郎《しょうたろう》と申します。父を訪ねて来て下さったようですが、隠居しておりまして、住まいも藩邸内ではございません。父にはどのような御用でしょうか」

正太郎は警戒しているようだった。

――さもありなん……。

おたつは田村家と一度もかかわったことのない人間だ。

「実は、田村家の御次男鉄之助さんのことでお話が……」

おたつが小さな声で告げると、正太郎はぎょっとした顔でおたつを見た。

おたつが見詰め返して頷いてみせると、

「分かりました。家の方にご案内します」

正太郎は、おたつを藩邸の外に連れ出したのだった。

藩邸の門を出ると、

「私たちが暮らしているのは藩邸の外に借りた町屋です」

そう説明したのち、正太郎は黙っておたつの先を歩き、言葉を掛けてくることは

なかった。

思いがけない弟の名を聞いて、動揺しているのだとおたつは思った。

「あなたが与兵衛様のご長男で田村家を継いだ方なんですね」

追っかけるように歩きながらおたつが問いかけると、

「はい、家督を継いで三年になります」

正太郎は立ち止まって言った。だがすぐに歩き始めた。

またおたつは追っかけるように歩きながら、

「あなたにも聞いていただきたいのですが……」

声を掛けたが、正太郎は無言だった。まもなく、

「こちらです」

おたつは古い町屋の中に案内された。

庭のある落ち着いた建物だったが、老朽化していて縁側を歩くとぎしぎしと音がした。

かつては納戸役を束ねる者として人の上にも立つ家柄だったのが、養子にやった鉄之助の不祥事で、長い間お役を解かれていたようだから、住まいもそれなりの家

を充てがわれているものと思われる。

そもそもどこの藩でも、藩邸内にある長屋に家臣たちを全員住まわせるのには無理がある。

藩邸の土地が広い場合は、重い役目の者については、独立した屋敷が与えられるが、そうでない軽い役目の者たちには、皆藩邸の壁にくっついている二階建ての長屋に住まわせる。

この長屋には下士で定府勤めの家族持ちも住む場合もある。だが総じて、参勤交代でやって来た者たちが数人で同じ長屋に住むことになっている。

だから定府で、しかも上士である侍は、家族と共に藩邸の外の家屋に住む場合が多いのだ。

正太郎はおたつを座敷に案内すると、一礼して出て行った。

すると入れ替わりに、正太郎の妻女と思われる人に支えられるようにして、初老の男が入って来て座した。

妻女と思われる人は、下座にて待機して座った。舅《しゅうと》の体を案じているようだった。

「おたつさんでしたな。倅鉄之助のことで話があると聞いたが……」

与兵衛は、不安な視線を投げてきた。

「はい、是非にもお知らせしたいことがございましたので……」

おたつは、まずは名を名乗った上で、これまでの鉄之助や拓馬の妻おさととの関わりを告げ、つい先日には鉄之助と拓馬が肩を寄せ合って生きてきたこと知ることになった事件も説明した。

さらに、死体から財布を抜き取ったことを認めた鉄之助は、今は本所の番屋に留め置かれているが、その行為は、ひとえに病の拓馬のためだったことも付け加えた。

与兵衛はじっと聞いていたが、大きく頷くと、

「消息を絶って久しい鉄之助だ。もう生きてはおるまいと思っていたが……そうか、拓馬と一緒にな」

与兵衛は、安堵した顔を見せた。

「して、倅はどのような裁きを受けるのだ。おたつさんがここを訪ねて来てくれたということは、おそらく、良くて八丈島送り……」

おたつの顔を見た。その瞳は不安で揺れている。

「はい、私もそのように思いまして……」

おたつは言った。慰めを言っても何の解決にもなりはしないのだ。

「与兵衛様、私が今日伺ったのは、番屋にいるうちに鉄之助さんに会ってあげられないものかと思ったのです。先ほども話しましたが、鉄之助さんは養子先や実父のあなた様、兄上様に迷惑を掛けたことをずっと悔いておいでで、拓馬さんの病がなければ、どこか人の目につかぬ野原か河原で切腹していたかもしれないのです」

与兵衛は、身じろぎもせず聞いている。

おたつは、与兵衛の様子を見ながら話を続けた。

「私が申し上げるのもいかがなものかと存じますが、篠田藩は事の善悪も考えず、安易に追っ手を仕立てるのでございますね。鉄之助さんの話を聞けば、本来なら普請奉行が罰を受けてしかるべきこと……それを、上役を斬った、そのことだけに拘泥し、前途ある若者四人の未来を奪ってしまったのです。追っ手の二人は命を落とし、鉄之助さんと拓馬さんは今話した通りです。篠田藩に関係のないこの婆でも、このような理不尽な話を聞けば口惜しい」

「おたつさん」

与兵衛は、おたつの話が終わると、

「実はそのことだが、二年前に藩は普請奉行だった黒木弾正の不正を暴き、結託していた商人、そして黒木の手の者を成敗したのだ」

意外な話を打ち明けた。

「まことでございますか……では鉄之助さん、拓馬さんは帰還して家督復帰となるのですか?」

驚いておたつは言った。

「さよう……追っ手で亡くなった家族には、既に家禄の再興が許されている。ただ、鉄之助と拓馬については行方が分からず、藩庁はどのように判断してくれるのか……わしも二人はどこかで野垂れ死にしたか、斬り交えて亡くなったか、そう考えていたのじゃが」

しかし……と与兵衛は唇を噛みしめて、

「しかし、拓馬は病に冒され、倅は八丈島とはな」

その時だった。縁側の方で女の泣く声がした。

正太郎の内儀が、あっとなって立ち上がり、縁側に出て泣き声を上げた女を部屋に連れて入って来た。

「鉄之助さんの妻で、多岐絵《たきえ》さんです」

　正太郎の妻が紹介すると、

「多岐絵でございます」

　女は手を突いておたつに挨拶をした。

「鉄之助さんは妻を不幸にしてしまったと悔やんでいました。ここにいらっしゃることを伝えたら、どれほどほっとされることか……」

　おたつは思いがけない多岐絵の存在に目を丸くした。

　そして、改めて与兵衛には、手を突いて言った。

「お伝えすることはお話しいたしました。この先は父としてのお考えひとつ。藩の事件に関する考えが変わっているのなら、助かる道もあるかと存じますがいかがでしょうか。いずれにしても一度会ってあげていただきたい。この婆のおせっかいはここまでといたします」

「なんだなんだ、どうしてこんなに肩が凝っているんだよ」

　弥之助は、おたつの背後に回ると、おたつの肩を力をこめてもみ始めた。

「痛、痛いよ。もう少し優しくしておくれ」

おたつは、弥之助の手をぽんと叩いた。

「おたつさん、俺はあんまじゃねえんだぜ。我慢してくれよ。それともなにかい、あんまの徳三さんを呼んでこようか」

弥之助はちゃかすように返す。

「いいよ、おまえさんでいいからさ。そこそこ、痛、もっと力を入れて」

「どっちなんだよ」

とうとう弥之助が手を止めて膨れ顔になった。

「俺だって野菜を売ってきて疲れているんだぜ。だけども疲れたおたつさんの顔を見たら帰れなくなったんじゃねえか。今おたつさんに何かあったら、この長屋の者は大変なことになるんだから」

「あたしはね、何かあったらってことにはならないよ。やらなきゃいけないことがあるんだから。いいから、もう少しもんでおくれ。おまえさんにあげようと思って煮物も少し多めに炊いているんだから」

「ほんとかよ」

「嘘をついたことがあったかい。早く」

おたつに急かされて、再びおたつの肩をもみ始めた。

田村与兵衛に会ってから三日が過ぎている。

鉄之助は財布を盗んだ罪は認めているから、早々に大番屋送りになった。

次は小伝馬町送りと決まっている。大番屋にいる間に与兵衛や妻の多岐絵に会わせてやりたいものだと思っているが、これ以上の差し出がましいことはおたつには出来ない。

あれやこれや考えていると寝付きが悪いし深い眠りも出来ず、頭は痛いし肩は凝る。

今日は道喜の診療所に、拓馬の見舞いがてら行って飲み薬と貼り薬をもらってきたが、まずは肩をほぐしたい。

風呂に行けば少しは楽になるかと支度をしているところに、弥之助がやって来たのだ。

「疲れているようだな。肩をもんでやるよ」

そう言って始めてくれたが、馬鹿力でもめば良いと思っているようだ。

とはいえ弥之助の親切は、子のいないおたつには有り難い。

「痛、やっぱり痛いよ、もういいよ」

おたつが弥之助の手を、ぽんと叩いたその時、

「おたつさん、いるかい」

岩五郎がやって来た。

「下手人が分かったんだね」

おたつは訊いた。

「捕まえたよ。本所の蠟燭問屋の主で、四郎兵衛という男だった」

岩五郎は上がり框に腰を据えて言った。

「同業の男ですか……」

二人が話している間に、弥之助は鉄瓶の湯を急須に入れてお茶を出す用意をしている。

「深川の芸者の取り合いだ」

岩五郎は、呆れ顔で言ってのけた。

「まあ、なんとも情けない話じゃないか」

おたつは弥之助が淹れてくれたお茶を、岩五郎にも勧め、自分も手に取って訊く。

「四郎兵衛は先妻を亡くした男で、その芸者を女房にと考えていたらしい。芸者の名は駒吉《こまきち》っていうんですがね、めっぽう美人で人気の芸者らしいんでさ。四郎兵衛は何が何でも妻にしたいと思っていた。ところがそこに、日本橋に店を構える徳兵衛が金でその芸者を我が物にしようとしたんだな。二人はこれまで蠟燭屋仲間でも仲が良かったんだが、仲が良ければ余計に裏切られたと四郎兵衛は思ったようだ」

「殺された徳兵衛さんも妻にしたいと思っていたのかい」

「いや」

岩五郎は否定して、お茶を飲んだ。

傍らで弥之助も、興味深い目で二人の話を聞いている。

「徳兵衛には歴とした女房がいるんでさ。譲ってやればよいものを、つまらぬ男の意地で引かなかったんだ。それで四郎兵衛はあの日、伊勢参りに行った時に買い求めていた匕首を持ち出して、酔っ払って帰る徳兵衛を襲ったという訳だ。徳兵衛を殺したのちに、怖くなってその匕首を堀に投げたらしいんだが、何も知らない船頭が、まだ新しい匕首だと思って拾っていて、その匕首には『四』の字が刻まれていた。特注ものだったんだな。そんな物を捨てて帰るなんて馬鹿な野郎だぜ」

岩五郎は笑った。

「匕首が動かぬ証拠となったんだね」

おたつは問う。

「襟巻きも証拠のひとつになった。四郎兵衛は血のついた襟巻きを女中に洗うよう命じていたようだが、血痕は残っていた。水で洗ったぐらいでは落ちねえからな」

「親父さん、すると鉄之助って人は、下手人ではないって分かった訳だな」

弥之助が訊いた。

「そういうことだ」

「すると、盗みはやったってことは、はっきりしている、本人も認めているとなると、小伝馬町に送られるのが早くなるんじゃないんですか」

「そうなんだよな」

岩五郎はお茶を飲み干した湯飲み茶碗を置くと、

「おたつさん、鉄之助さんの父親とお内儀だが、会いに来てやってくれねえんですかね。ここに来る前に大番屋に立ち寄ってみたんだが、どうやらまだ来てねえ様子で……」

　岩五郎は言った。

十一

　トキがうなり声を上げている。

　見知らぬ怪しげな者がやって来たのかと、おたつは警戒して立ち上がったが、

「清吉です」

　岩五郎の店で板前をやっている、泣き虫清吉だった。

　清吉は腕に重箱のようなものを抱えている。

「おたつさん、岩五郎の親父さんから伝言です。今日の夕刻、鉄之助てぇ人が大番屋から小伝馬町送りとなると」

「今日の夕刻って、もう八ツ半だよ」

　おたつは困惑顔だ。

　最初に鉄之助を留め置いたのは本所の番屋で、おたつが住む米沢町とは近くて行

くのに時間はかからない。

ところが大番屋は、本材木町《ほんざいもくちょう》の四丁目、楓川《もみじがわ》の河岸地に建っていて、おたつの足では四半刻は十分にかかる。

いよいよ小伝馬町送りかと思うと、気が重かった。

「鉄之助ってどういう人か知らないが気の毒だよな。あっしも番屋だの小伝馬町なんどという言葉を聞くと思い出しますよ。すんでのところでおたつさんたちに助けられましたが、小伝馬町送りだと言われた時には、恐怖でずっと震えていたんですから」

清吉は思い出したようで、ぶるっと震えてみせた。

「そうそう、化粧した顔が崩れて、おばけみたいな顔をしていたんだよ。今そうして板前が出来ていることを感謝しなくちゃね」

「へい、で、これ、あっしが作った料理ですが、伝言のついでに食べてもらおうかと思って詰めてきました」

清吉は上がり框に風呂敷包みを置いた。

「ありがとよ、楽しませてもらうよ」

おたつは言ったが、

「困ったな、米屋にお米を頼んでいてね、今日のうちに運んでくれるよう頼んでおいたんだよ。鋳掛屋のおこんさんか、大工のおせきさんに留守を頼むか……」

思案の顔だ。

大番屋にすぐにでも出かけて行きたいが、荷物を受け取る留守番がいないのだ。

「あっしが受けましょうか」

清吉が言った。

「だっておまえさんは、お店があるじゃないか」

「それが、今日はおかみさんが朝から出かけているんです。友達と六地蔵巡りですよ。それで、一日休みにしようって。この重箱の料理は、おかみさんが弁当に持って行ったものと同じです」

「なんだ、それならそれで早く言っておくれよ。じゃ、おまえさんに頼めるんだね」

「もちろん、家の中のこともよく分かっていますから」

清吉は笑った。するとすぐに、

「おまえさん、うちは金貸しの家だよ。くすねようと思えば、いくらでもくすねられる。昔泥棒だったおまえさんを留守番にするのも心許ないが……」

おたつがわざと案じ顔をしてみせると、

「おたつさん、止めておくれよ。あっしが泥棒したのは一回きりなんだから、いつまでいじめるんだよ」

清吉が膨れたところで、

「じゃあお願いするか。頼んだよ」

おたつは留守番を清吉に任せて、急ぎ長屋を出た。

本材木町の大番屋に到着すると、表で岩五郎の手下の巳之助が待っていてくれた。

「やれやれ、年寄りには急ぎ足は疲れるよ」

じっとりとかいた首の汗をおたつは手巾で拭うと、

「岩さんは？」

巳之助に訊いた。

「今お父上とお内儀の方がお別れにみえてまして、親分はつきそっています。おたつさんがみえたら、中に入るようにと親父さんが言っています」

おたつは、最後まで聞かずに大番屋の中に入った。

番屋の小者がおたつの姿を見ると、すぐに大番屋の小部屋に案内してくれた。

小部屋は二つあって、与力が取り調べを行ったり、休憩をとったりする部屋である。

静かに足を踏み入れると、鉄之助を前にして、父の与兵衛と多岐絵が涙ながらに話していた。

岩五郎と同心の辰之助が三人を見守るように座っていて、おたつも岩五郎の側に座った。

与兵衛はおたつに気付くと一礼し、

「倅に今生の別れが出来ました。どういう裁きになるのか案じておりますが、倅が使った金子の額は二両ほどだったと聞きましたので、本日二両を親分に預けて、持ち主の家族に返金してもらうことにしました」

おたつはそれを聞いてほっとした。

清吉の時も、金を盗んだ隠居に返金したことで罰を免れている。

「おたつさん……」

多岐絵がおたつの方を向いて手をついた。

「お陰で夫に会うことが出来ました。わたくし、夫が八丈島に流されようと、ずっと待ち続けます。死ぬまで待ちます」

多岐絵は涙に濡れた目で、決意を語った。

「多岐絵……」

それを聞いた鉄之助が、思わず腕で目を覆うのだ。惜別の念が部屋を覆っている。

おたつの胸には、ずっと不満が渦巻いていた。言わずにおこうかと思ったが、

「与兵衛様、藩邸に鉄之助さんと拓馬さんのことを届けましたか……届けたのになしのつぶてなんですか」

問い詰めるように言ったおたつの言葉に、与兵衛は力なく頷いた。

「なんと……」

万事休すなのか。その時だった。小者が慌てた様子で部屋に入って来ると辰之助に言った。

「ただいま篠田藩の方が玄関におみえです」

「何……」

辰之助は立ち上がって小者と玄関に向かった。

部屋の空気は緊張に包まれた。息ひとつも殺して辰之助を待った。

まもなく辰之助が、篠田藩の者と共に部屋に入って来た。

「これは与兵衛殿」

まず使いの者は、与兵衛に気付いて頭を下げた。

懐には書状をさしている。その書状を懐から引き抜くと、はらりと開いて、

「殿じきじきのお言葉である」

使いの者は声を上げた。

「はっ」

その第一声で、鉄之助、与兵衛、そして多岐絵は深く頭を下げた。

「木島鉄之助、小野拓馬の帰藩を許し、お家再興を命じる」

部屋に光が差した一瞬だった。

「父上、多岐絵！」

あの武骨な鉄之助が泣き出した。

「あなた……」

多岐絵も膝を寄せて鉄之助の腕を握る。

「ありがたきお言葉、お礼を申し上げます」

与兵衛は使いの者に頭を下げたが、その声は涙声だった。

おたつは大きく息をついた。つられて泣き出しそうになるのを堪えて辰之助と岩五郎と顔を見合わせた。


おたつは寝床の中で、昨日道喜の診療所に出向いた折に、回復していく拓馬の姿を見て、復帰も近いと確信していた。

丁度訪ねた時に、拓馬はおさとに手をとられて歩く練習をしていたのだ。

そしてその二人に、歩調を合わせて号令を掛けていたのは太一であった。

「一、二、一、二……」

「おたつさん、こんな元気になりました。あと少しです」

おさとが嬉しそうに言った。

すると見守っていた道喜が、

「春が訪れる頃には元の体になると思います。思ったより回復が早いので私も驚いている」

頼もしいことを言ってくれたのだった。

——春よ来い……。

おたつは床の中で思った。

懸念していたことが全て解決したこの日は、睡眠も十分取れたし、頭もすっきりしている。

——あとは吉次朗様を探し出すこと……。

それも春になると達成出来そうな予感がする。

「少し早いが起きるか……」

おたつが半身を起こした時、トキが鳴いた。

「ウ、ワワッワー!……ウ、ワワッワー!」

「まったく、また鶏の声になってしまった……」

独りごちて起き上がると、表で弥之助の声がする。

「皆さん、どうでしたか。この犬、鶏の真似、うまいでしょう?」

すると大勢の人の声が聞こえてきた。

「本当だ、鶏そっくりだ」

女の声だ。

「ようし、紙面一杯に書いていくぞ。こういう話はよく売れるんだ」

今度は男の声だ。

「トキちゃん、他の鳴き声を真似出来る？……例えば鼠とか、そうだ、鈴虫とか」

今度は女の声だが、先ほどの女の声とは違う。

「無茶言わないでくれよ。今回は鶏の声で朝を告げる賢い柴犬、これでどうだろう」

得意げな弥之助の声だ。

「あいつ……」

おたつは着物を慌てて合わせて外に出た。

「ああ、おめざめだ。この人がトキのご主人様だ」

弥之助が言った途端に、

「おたつさんですね、どんなしつけをしているんですか」

よみうり屋に囲まれてしまった。

「しつけなんてしていませんよ。鼠の声だの、鈴虫の声だの、犬に出来る筈ないじゃありませんか。さあ、帰った、帰った、帰った」

おたつは、集まっていたよみうり屋をおっぱらった。

「おたつさん、止めてくれよ。あっしはね、こうしてトキを世間に紹介することで、小銭を稼いでいるんだからさ」

弥之助は膨れる。

「まったく、以前もよみうりを連れて来たことがあっただろ。トキは怯《おび》えているんだから。馬鹿なことしてないで、野菜を売ってくるんだね」

おたつは厳しく言って部屋に入った。

のろりのろりと弥之助が入って来た。

「はい、今日の銭……稼いでおいで」

弥之助に商いの銭を渡すと、おたつは朝の食事作りにとりかかった。

米をといで竈に掛ける。

火を焚こうとして三和土《たたき》の隅に積んでいる枝を取ろうとした手が止まった。

三和土の隅に結び文が落ちているのを見付けたのだ。

おたつは拾い上げて開いた。

「九鬼十兵衛……」

差出人の名を見て驚いた。

急いで文面を読む。

それには次のようなことが書いてあった。

――近日中に迎えに参ります。吉次朗様の居所ですが、やはり麹町《こうじまち》だと思われます。今度は間違いないと存じます。もう一度確かめた上で多津様と一緒に向かいたいと思っています――

おたつは文を閉じた。

――吉次朗様のことも、春までには決着出来るかもしれない……。

おたつは文を胸に当てて健やかに育った吉次朗の姿を追った。

この作品は書き下ろしです。

秘《ひ》め事《ごと》おたつ四

春《はる》よ来《こ》い

藤《ふじ》原《わら》緋《ひ》沙《さ》子《こ》

令和5年3月10日　初版発行

発行人――石原正康
編集人――高部真人
発行所――株式会社幻冬舎
〒151-0051東京都渋谷区千駄ヶ谷4-9-7
電話　03(5411)6222(営業)
　　　03(5411)6211(編集)
公式HP　https://www.gentosha.co.jp/
印刷・製本―図書印刷株式会社
装丁者――高橋雅之

幻冬舎時代小説文庫

ISBN978-4-344-43281-9　C0193　ふ-33-4